茶鄉茶香

從臺灣到蒙古西藏

Tea Origins & Tea Fragrance –
From Taiwan to Mongolia and Tibet

Нутгийн цайны үнэр -
Тайвань ба Монгол Төвөдийн цайны соёл

 文化部 MINISTRY OF CULTURE 蒙藏文化中心

目次
CONTENTS

序

　　歷史悠久的飲茶文化是世界各國共通的語言，隨著時間發展與地理環境的演變，各民族依自己的茶種與飲食習慣，發展出不同的製茶、品茗、茶具與茶藝的精神意境結合，形成跨越國界的情感聯繫與藝術表現之重要橋梁，更成就「茶道文化」成為日常生活美學中的心靈依歸。本次展覽主題「茶鄉茶香」表現不同的民族文化，因為茶飲品茗所散發的淡雅香氣引發內心深處對自己原鄉的情感和執著，展覽主軸透過展品比較臺灣與蒙古、西藏三地的飲茶文化與精神內涵，值得一提的是展場特別設計蒙古包與西藏犛牛帳篷等情境式的佈展，讓觀眾透過活潑豐富的展覽內容，有如閱讀不同民族的風土民情在茶飲文化所展現的各自情感與故事。

　　臺灣因天候與地理條件適合孕育出風味獨特、品種多樣的茶葉，加上地理位置優越及製茶工藝良好，其中又以茶金歲月時期的「Formosa Oolong Tea」（臺灣烏龍茶）揚名國際最具指標。臺灣民眾種茶與喝茶已有數百年歷史，發展至今飲茶除了是日常生活的一部分，有志一同的茶人更發展「茶道」成為心靈及養生的一門藝術。在臺灣茶的歷史發展中，文獻資料生動地闡述了兼具國際化與在地化兩大輪廓，無論茶種、工藝、市場及相關茶的科技發展機制等，都是經過政府、茶農與專家長期砌磋琢磨與研發努力所建立起來的。臺灣茶的發展史呈現臺灣社會經歷不同時代、不同地域與不同族群的文化衝擊與融合，深刻地交融出屬於臺灣茶獨特的文化記憶與情感經歷。

　　文化部秉持落實臺灣民主自由與文化平權，促進多元文化發展的理念，長期致力於推動文化體驗教育，一方面希冀藉由展覽參與式的活動，吸引更多民眾走進文化場館，達成「文化近用」的理念。另方面更期盼長期在臺灣深耕的蒙藏文化發揮強韌的生命力，持續與臺灣在地連結並茁壯成長，表現臺灣豐富多元的文化本質，讓臺灣的國際地位因為多采多姿的藝術展演被世界所看見。

　　「茶鄉茶香」展覽，以茶為媒介，串聯不同時空與今昔文化發展的樣貌詮釋比較，提供多元族群交流與文化對話的平台。此次展覽內容包括「早期臺灣茶文化」、「蒙古生活與茶文化」、「西藏生活與茶文化」與「臺灣當代陶藝茶具之美」等單元，期盼帶領觀眾回顧臺灣茶在外銷史上的輝煌時光，另方面結合各式茶器具與生活實景的記憶，對比臺灣、蒙古與西藏三方獨特魅力的茶飲生活，與各自不同發展的藝術表現。展品最後更以大家所熟悉的臺灣當代陶藝家的茶藝作品作為完美句點，讓觀眾能夠完整地欣賞茶文化迷人的生活之美。

　　此次展覽除了本部蒙藏文化中心典藏之蒙藏文物參展，共計其他 24 個博物館與私人收藏家提供 221 組件的展品，特此感謝本部所屬國立臺灣歷史博物館與國立臺灣工藝研究發展中心、臺北市政府文化局與民政局、新北市立鶯歌陶瓷博物館、林安泰古厝、新芳春茶行、有記名茶、台灣紅茶股份有限公司、駐台北烏蘭巴托貿易經濟代表處、臺北市大安區公所、臺北市茶藝促進會、中華工夫茶協會及收藏家們共襄盛舉參與展出，讓觀眾有機會同時認識臺灣、蒙古及西藏的茶文化之多樣性。謹以展覽主題「茶鄉」連結臺灣及蒙藏之土地與文化一起航行，徜徉在這趟滿溢「茶香」的微醺中穿梭古今、橫跨地域的藝術之旅。

文化部　部長

李遠

Preface

Tea drinking culture with a long history is a common language among countries in the world. Following evolutions in time and geography, various peoples developed different tea making, tea drinking, and teaware in line with respective tea variants and dietary habits. Fused with the spiritual conception of tea art, the vital bridges for emotional connection and artistic expression across borders were born. Furthermore, the culminated "culture of tea ceremony" thus became the spiritual sanctuary in the everyday living aesthetics. The exhibition theme "Tea Origins & Tea Fragrance" embodies diverse ethnic cultures, for the elegant fragrance from tea stirs up the affection and persistence with one's homeland deep within. Through exhibits, the exhibition compares and contrasts the tea drinking cultures and spiritual contents of Taiwan, Mongolia, and Tibet. It is worth mentioning that an immersive design with the Mongolian yurt and Tibetan yak-wool tent is especially employed in the exhibition. Through the vibrant, rich exhibition contents, visitors shall be able to read the emotions and stories of different natural and cultural landscapes unfolded by different peoples in their tea drinking cultures.

Thanks to its perfect climate and geographic advantages, Taiwan is a cradle for numerous tea variants with distinctive aromas. Coupled with superior geographic location and quality tea making process, it gave birth to the most iconic "Formosa Oolong Tea" known to the world during the epoch of Golden Leaf. The people in Taiwan have been growing and savoring tea for centuries. To date, tea drinking has become not merely a part of everyday life, but also been elevated by like-minded tea aficionados into "tea ceremony," an art that nurtures body and mind alike. Regarding the Taiwanese tea evolution over the course of history, relevant literatures have vividly characterized its internationalization and localization. Either the tea variants, processes, markets, or tea-related technological development mechanisms, all these are the fruits born from the long-term study, exchange, research and development among the government, tea farmers, and experts. The development of Taiwanese tea epitomizes the cultural collisions and fusions in the Taiwanese society across time, space, and ethnicity, which have profoundly brewed into the cultural memories and emotional experiences unique to Taiwanese tea.

To live up to democracy, liberty, and equality in Taiwan, the Ministry of Culture (MOC) promotes the notion of diversified cultural developments, committed to the implementation of cultural experience education. On one hand, it endeavors to draw more people into cultural venues through participatory activities in exhibitions to attain "cultural accessibility." On the other, it further envisages the Mongolian and Tibetan cultures that have taken roots in Taiwan to harness their resilient vital forces, continue to connect and thrive with the society in Taiwan, as well as demonstrate the affluent and diverse cultural essence of Taiwan, so that Taiwan can be seen on the global stage with its medley of art showcases.

The exhibition "Tea Origins & Tea Fragrance," with tea as the medium, interlaces cultural evolutions across time and space for interpretation and comparison, offering a platform for exchanges and cultural dialogues among diverse ethnic groups. The exhibition features "Early Taiwanese Tea Culture," "Mongolian Life and Tea Culture," "Tibetan Life and Tea Culture," and "Beauty of Contemporary Taiwanese Ceramic Teaware." As such, it seeks to guide visitors to revisit the glorious days of Taiwanese tea in its export history. Also, with sundry teaware and real-world recollection combined, it compares and contrasts the fascinating tea-drinking lifestyles of Taiwan, Mongolia, and Tibet as well as the artistic expressions developed, respectively. With the exhibits of teaware artworks crafted by contemporary Taiwanese ceramic artisans as the perfect finale, the exhibition allows visitors to fully appreciate the enchanting beauty of tea culture in life.

Apart from the Mongolian and Tibetan objects in the collection of the Mongolian and Tibetan Cultural Center, Ministry of Culture, exhibits with a total of 221 pieces were loaned from other 24 museums and private collectors as well. We would like to extend our special appreciation to the National Museum of Taiwan History and the National Taiwan Craft Research and Development Institute under the MOC, the Department of Cultural Affairs and Department of Civil Affairs of Taipei City Government, New Taipei City Yingge Ceramics Museum, Lin An Tai Historical House & Museum, Sin Hong Choon, Wang Tea, The Formosa Black Tea Co., Ltd., the Ulaanbaatar Trade and Economic Representative Office in Taipei, the Daan District Office of Taipei City, The Taipei Art of Tea Union, Chinese Gong-Fu Tea Association, and private collectors for their contribution and participation, so that visitors may have the opportunity to learn about the diversity in the tea cultures of Taiwan, Mongolia, and Tibet, all at the same time. Hence, let us embark on the voyage that connects the lands and cultures of Taiwan, Mongolia, and Tibet in the name of "Tea Origins" from the exhibition title and navigate ourselves through the intoxicating journey of art overflowing with "Tea Fragrance" across time and space.

Minister of Culture

L, yuan

早期臺灣茶文化

臺灣茶發展史

■ 鄭雅之（自由文化工作者）

一、前言

　　茶作為臺灣歷史文化發展關鍵物質之一，在不同時空和社會層面上留下濃墨重彩的連綿一筆，然而在十九世紀臺灣本土規模性地生產茶葉介入跨國商業行為之前，早在十七世紀的荷蘭時期，臺灣便以轉運港之姿進入國際茶葉貿易的系統，根據荷蘭東印度公司（VOC）的相關紀錄：

1636 年 12 月 2 日。這天有五艘貿易戎克船從廈門抵達，一起帶來：2600 擔砂糖、100 箱金絲、30 擔茶、20 籃絲質布料、200 支華蓋（quitesollen）。[1]

　　其後在 1637 年 1 月，有 2350 斤（Catties）的茶葉經由臺灣運抵巴達維亞。這批茶葉並非全部運往歐洲，由紀錄可知，尚有少部分運往暹羅、印度，以及伊朗等地。

　　作為轉運港，臺灣有其得天獨厚之地理位置，在茶樹生長的條件也同樣具有先天優勢，[2]荷蘭東印度公司彼時已發現臺灣原生山茶，但未進行開發生產。稍後取代荷蘭人的明鄭時期的貿易重點則放在交換軍火的絲綢和鹿皮上，和中國沿海關係密切的茶業轉口貿易基本斷絕，直至清領時期始得恢復。

　　然須注意的是：隨明鄭來臺之移民，以其原生地之生活習慣考之，則茶應已深入日常，故隨其來臺落地生根則符合邏輯與人性，雖未見相關直接有力文獻記載，仍需保留可能空間。此外，明末流行至民國初年，作為祕密結社的暗號隱語之茶陣，據稱即隨鄭成功軍師陳友華傳入臺灣，存在於臺南關帝廟一帶。[3]此說若屬實，則可作為當時茶已成為在臺人士生活一部分的旁證，至於明確的茶樹種植文獻紀錄，則於清領時期始見，且與移民關係密切。

　　由上可知，臺灣茶發展史之初即兼有國際性與在地性，且受移民影響深厚，而情隨世遷，逐步在地化與複雜化，並持續進行中。故此，本文擬以四個階段：清領時期、日治時期、民國外銷時期與民國內銷時期為經，並以茶種、茶葉工藝、市場對象為緯，穿插勾勒臺灣茶發展史的概略輪廓。

二、清領時期（1683–1894）

　　進入清領時期，隨著來臺規章逐步弛禁與生計問題，大量中國沿海居民循合法或非法管道渡海來臺，除了為臺灣開墾帶來必要的人力，同時移民原生地的生活文化也隨之移植落地。茶在明清時大體已進入各個階層的日常所需，開門七件事「柴米油鹽醬醋茶」一說也在明清時形成一定

---

1. 江樹生譯註：《熱蘭遮城日誌》（一）（臺南：臺南市政府，1999 年），頁 275。

2. 茶樹生長的緯度介於北緯 40 度至南緯 30 度之間，適宜生長溫度為攝氏 18-25 度，高於 40 度易死亡，性喜溫濕，尤宜植於排水良好，雲霧繚繞且日夜溫差大之丘陵山麓，臺灣無論是緯度、地形、氣候、土質等，皆符合茶樹良好生長之條件。

3. 關於天地會與陳友華之關係，可參陳寶良：〈明代的秘密社會與天地會的淵源〉，《史學集刊》 1994 年第 1 期，頁 1-10；茶陣相關討論可參蕭一山編：《近代中國秘密社會史料》卷六，收入《中國近代史料叢刊》第 79 輯（臺北：文海書局，1966 年）。

程度的共識，[4] 則茶隨移民來臺融入日常生活時屬自然，除了日常飲用，也作為風俗的組成，如康熙年間與吳達禮同為首任巡臺御史，曾於康熙六十一年至雍正二年（1722–1724）巡臺的黃叔璥，其作《台海使槎錄》即錄有臺人婚禮中的茶俗，[5] 其後記錄清領至日治時期臺灣史料之連橫《臺灣通史》也得見相關文字。[6]

　　然而此時臺人日常生活中使用的茶來自何方？荷蘭時期已發現之臺灣原生種山茶，在黃叔璥[7] 和連橫[8] 筆下都曾提及，出版時間較黃叔璥《台海使槎錄》早了近二十年的陳夢林、李欽文《諸羅縣志》亦有記錄：

水沙連內山茶甚夥，味別色綠如松蘿，山谷深峻，性嚴冷，能卻暑消脹。然路險，又畏生番，故漢人不敢入採。若挾能製武夷諸品者，購土番採而造之，當香味益上矣。[9]

　　比較上述三條文獻，相關資訊大致相同，定位偏向藥用而非日常飲用，且以中晚明炒菁綠茶名品松蘿[10] 擬之，《諸羅縣志》則進一步推測若能以福建武夷製茶工藝予以加工，則飲用感官經驗當更臻上等。由此至少得合理推出以下訊息：水沙連（清領時期水沙連六社，大約等於今之南投魚池鄉與埔里鎮地區）山茶因地勢和原住民聚落因素，取得不易；採用松蘿一類炒菁綠茶相對輕簡的加工，未經焙火和發酵工藝處理且性極寒，藥用價值大過飲用價值；又，福建武夷一帶的製茶工藝，是符合出身福建漳浦縣的陳夢林和臺灣鳳山縣的李欽文對於茶品的消費審美需求。當

---

4. 李樹新：〈開門七件事文化熟語探析〉，《內蒙古大學學報》（哲學社會科學版），2007 年，第 2 期，82-88 頁。

5. 清·黃叔璥：《台海使槎錄》，清乾隆元年序刊本，收入中國方志叢書·臺灣地區第 47 號（臺北：成文出版社，1983 年），卷二〈赤嵌筆談·習俗〉：「到門，新郎擎蓋新婦頭上。三日廟見，以次拜公姑、伯叔嬸姆，謂之拜茶。」頁 102。

6. 日·連橫：《臺灣通史》，收入《臺灣文獻叢刊》第二輯第 20 冊（臺北：眾文圖書股份有限公司，1994 年），卷二十三〈冠昏〉：「訂盟之日，男家以戒指贈女，附以糕餅之屬。母嫂親往，女奉茶。既定，女家留宴。或僅遣媒氏送之。」頁 608。

7. 清·黃叔璥：《台海使槎錄·卷三·赤嵌筆談·物產》：「水沙連茶，在深山中。眾木蔽虧，霧露蒙密，晨曦晚照，總不能及。色綠如松蘿，性極寒，療熱症最效。每年，通事於各番議明入山焙製。」頁 153。

8. 日·連橫：《臺灣通史》卷二十七〈農業〉：「臺灣產茶，其來已久。舊志稱水沙連之茶，色如松蘿，能闢瘴卻暑。」頁 654。

9. 清·陳夢林、李欽文纂；清·周鍾瑄主修：《諸羅縣志·卷十二·雜記志》，收入《臺灣文獻叢刊》第 141 種（臺北：臺灣銀行，1962 年），頁 295。

10. 如明·沈周：〈書岕茶別論後〉：「若聞之清源、武夷，吳郡之天池、虎丘，武林之龍井，新安之松蘿，匡廬之雲霧，其名雖大噪，不能與岕相抗也。」錄於明·周慶叔：《岕茶別論》，收於鄭培凱、朱自振主編：《中國歷代茶書匯編》（上）（香港：商務印書館，2014 年），頁 599。沈周為明代中期風雅盟主，有其代表性，另外如明·馮時可《茶錄》：「蘇州茶飲遍天下，專以採造勝耳。徽郡向無茶，近出松蘿茶，最為時尚。是茶始比丘大方。大方居虎丘最久，得採造法，其後於徽之松蘿結庵，採諸茶於庵焙製，遠邇爭市，價倏翔湧，人因稱松蘿茶，時非松蘿所出也。」頁 336；明·羅廩《茶解·製》：「松蘿茶，出休寧松蘿山，僧大方所創造。其法，將茶摘去筋脈，銀銚炒製。今各山悉仿其法，真偽亦難辨別。」頁 344；其書收錄龍膺君〈跋〉亦稱：「予埋郭日，始游松蘿山，親見方長老製茶法甚具，予手書茶僧卷贈之，歸而傳其法。」頁 346。明·龍膺《蒙史》：「松蘿茶，出休寧松蘿山，僧大方所創造。予理新安時，入松蘿親之，為書《茶僧卷》。其製法，用鐺摩擦光淨，以乾松枝為薪，炊熱候微炙手，將嫩茶一握置鐺中，札札有聲，急手炒勻，出之箕上。箕用細篾為之，薄攤箕內，用扇揮冷，略加揉捻。再略炒，另入文火鐺焙乾，色如翡翠。」頁 407。明·徐𤊹《茗譚》：「余嘗至休寧，聞松蘿山以松多得名，無種茶者。《休志》云：遠麓有地名榔源，產茶。山僧偶得製法，托松蘿之名，大噪一時，茶因湧貴。僧既還俗，客索茗於松蘿司牧，無以應，往往 售。然世之所傳松蘿，豈皆榔源產歟？」頁 414。明·黃龍德《茶說·一之產》：「真松蘿出僧大方所製，烹之色若綠筠，香若蕙蘭，味若甘露，雖經日而色、香、味竟如初烹而終不易。若泛時少頃而昏黑者，即為宣池偽品矣。試者不可不辨。」頁 456。上引諸說，皆錄於鄭培凱、朱自振主編：《中國歷代茶書匯編》（上）（香港：商務印書館，2014 年），茲已為證。

然此二人只是當時臺灣地區具有官方身分的知識份子的隨機樣本之一，不能等同該時臺灣社會的飲茶偏好，但兼有移民與在地的身分，輔以作為社會上流中堅的的知識份子的確具有一定的社會示範和影響力，有其留意的價值。又，雍正年間奉檄至臺灣平亂的吳廷華，在臺期間留下詩作，言及貓螺山（今南投埔里水里一帶山區，含水沙連）產茶品質不俗，惜無良好製茶工藝而辜負之，[11] 吳氏出身名茶產區浙江，此論應有一定參考性，且與上述陳夢林和李欽文有一基本共識：當時臺灣原生山茶質量有一定水準，然而缺乏適合的製茶工藝支持，故僅有茶葉而無茶業。

在一定的需求趨力下，若無法就地取材以臺灣原生山茶作為日用茶來源，那麼合理選項則有進口和進行人工培植。進口方面，臺灣因地理位置優越，各地物資往來流通相當發達，黃叔璥著作有從建寧載茶回臺之語，並稱：「海壖彈丸，商旅輻輳，器物流通，實有資於內地。」[12] 而建寧地區的茶法受武夷山區的影響，[13] 是採取一定發酵和焙火工藝加工的青茶類，進口此種類型的茶品，亦和前所言及之陳夢林和李欽文所代表的社群茶飲審美相合呼應。

而臺灣最早進行人工茶樹培植與生產茶葉飲用的考據，可參考時任國史館整理組組長劉澤民先生，於 2008 年根據《臺灣總督府公文類纂》收錄檔案考證，證實至少於乾隆五十七年（1792）於木柵深坑一帶便有茶園和粗製茶的存在，雖文獻難考始自何人與茶種明確來源，但並非連橫所謂由福建人柯朝自武夷攜回茶苗植於魚桀魚坑（瑞芳鎮魚桀魚里）因適應良好而逐漸擴散，亦非明治三十八年份之《深坑廳第二統計書》記錄之福建人井連侯自福建帶回茶苗種於深坑漸次擴散，[14] 更可知乾隆年間臺灣地區茶的種植與製作範圍已擴及北部，已非昔康熙年間《諸羅縣志》所稱之「北路無茶」，且可確定：臺灣人工栽培茶樹之初，來源與品種和中國福建地區關係密切。

因天候與地理條件適合，且有一定的市場需求，臺灣地區種茶製茶的規模逐步擴大，由木柵深坑一路擴大至石碇、文山、淡水、新竹等地，起初僅為內銷自用，道光年間已可出口僅初步加工之毛茶至福州加工，[15] 可見產量已有顯著提升；同治元年（1862）滬尾開港，中外商賈雲集，五大洋行陸續進駐臺灣。在清朝政府方面，因應臺灣茶出口的高經濟價值，為扶植產業故採取了茶釐稅務改革、[16] 海底電報纜線架設（1877）與主導成立茶郊永和興（1889，今台北市茶葉商業同業公會前身）等措施；外商方面，五大洋行進駐臺灣競相介入茶業，1860 年蘇格蘭商人約翰陶德（John Dodd）以甸德洋行駐廈門代理身分首度來臺，1864 年居於淡水，1865 年觀察北臺灣氣候

---

11. 清‧陳培桂纂：《淡水廳志》，卷十五下收吳廷華〈社寮雜詩〉：「才過穀雨覓貓螺，嫩綠旗槍映翠蘿。獨惜未經嫻茗戰，春風辜負採茶歌。」小字註：貓螺，內山地名，產茶，性極寒，番不敢飲。收入《臺灣文獻叢刊》第 172 種（臺北：臺灣銀行，1962 年），頁 430。

12. 清‧黃叔璥：《台海使槎錄‧卷二‧赤嵌筆談‧商販》，頁 122；「建寧則載茶。」之語見頁 121。

13. 徐曉望：〈清代福建武夷茶生產考證〉，《中國農史》，1988 年，第 2 期，頁 75-81。

14. 劉澤民：〈從《臺灣總督府公文類纂》談臺灣最早種茶的年代與地點〉，《臺灣文獻館電子報》第 14 期，2008 年 8 月，（網址：https://www.th.gov.tw/epaper/site/page/14/116），最後檢索日期：2024 年 4 月 19 日。

15. 清‧陳培桂：《淡水廳志‧卷四‧茶釐》：「淡北石碇、拳山二堡，居民多以植茶為業。道光年間，各商運茶，往福州售賣。每茶一擔，收入口稅銀二圓，方准投行售賣。」頁 114。

16. 《清‧陳培桂：淡水廳志‧卷四‧茶釐》：「迨同治元年，滬尾開口，通商茶葉，遂無庸運往省城。省中既無入口稅銀可徵，台地亦無落地釐銀可抽，而茶葉出產，遞年愈廣。同治十年，台道黎兆棠札飭委員候補府胡斌會同淡水同知試辦抽釐。每擔酌收釐銀一圓。有奸棍章華封、金茂芳等聚眾希圖抗抽，適台道黎兆棠卸事，酌量減收，台灣徵收茶釐自此始。謹按：淡地出產最多，或謂金銀玉皆出內山，其實除米穀外，以茶、煤、腦、磺為最著。磺未開禁，而茶、腦、煤三者愈出愈廣。利之所在，人爭趨之。是在裒多益寡，隨時調劑之，便得其平耳。語云：『因民之所利而利之。』開闢未久，地浮於人，逋逃薈萃，倘不加整頓，漠然海外置之，比杞憂所以方切也。」頁 114–115。

地質，確認適合茶樹生長，1866 年設寶順洋行，在買辦李春生協助下引進安溪茶種，貸款農民鼓勵種植，1867 年少量運至澳門試銷大獲成功，同年五月二日成為怡和洋行代理商。1867 至 1868 年間，因設廠製茶發生艋舺租屋事件，引發地方糾紛與外交事件，遂轉移陣地至新商業中心所在地大稻埕，1868 年引進廈門與福州製茶師傅，設精製茶廠，將臺灣本地毛茶篩選、拼配、烘焙分級精製後，於 1869 年以「Formosa Oolong Tea」名稱出口，運載兩船共 2131 擔臺灣茶至紐約試售，風靡一時，1870 年出貨量暴增至 10540 擔，售價亦由 15 美元一擔翻倍為 30 美元，美國從此成為臺灣茶最大的海外市場。

此時臺灣茶已脫離低價粗製毛茶和內銷階段，進入高價精製茶的外銷時代，連橫《臺灣通史》如此形容臺茶這個風起雲湧的黃金時代：

迨同治元年，滬尾開口，外商漸至。時英人德克來設德記洋行，販運阿片、樟腦，深知茶業有利。四年，乃自安溪配至茶種，勸農分植，而貸其費。收成之時，悉為採買，運售海外。南洋各埠前消福州之茶，而臺北之包種茶足與匹敵。然非薰以花，其味不濃，於是又勸農人種花。花之芳者為茉莉、素馨、梔子，每甲收成多至千圓，較之種茶尤有利。故艋舺、八甲、大隆同一帶，多以種花為業。夫烏龍茶為臺北獨得風味，售之美國，銷途日廣。自是以來，茶業大興，歲可值銀二百數十萬圓。廈、汕商人之來者，設茶行二、三十家。茶工亦多安溪人，春至冬返。貧家婦女揀茶為生，日得二、三百錢。臺北市況為之一振。[17]

連說提供了一個大致清晰的輪廓，拈出洋行外商、引進安溪茶種、援用外地加工技術、依產季往來的勞動人口、和不同市場的貿易路線，其中廈門與潮汕即為一不可忽視的觀察點。漳泉潮汕地區本是清領時期來臺原生人口大區，自明朝已降，漳泉潮汕人口大量移居南洋，長時間發展下形成了特殊的移民社群。廈門屬泉州，且不乏以茶為業者，又為臺灣出口貿易路線重要之轉運和集散樞紐，在茶外銷上有一套與外商洋行不同的模式：與客戶之間的紐帶往往存在血緣或地緣關係，以廈門人來臺開設之茶行為例，通常在廈門、臺灣與南洋皆有據點，而由廈門提供技術人才，在臺灣進行茶葉拼配烘焙分級加工，運至廈門報關出口，進而售予中國盤商與南洋據點，直至南洋據點方才脫離批發，進入零售。如此模式在乙未割臺（1895）後基本仍維持慣性運作，是臺灣茶發展史上值得關注的現象，也能再次看見臺灣茶發展過程中國際化與在地化的雙重性格，與外來移民的關鍵影響。

滬尾開港後數十年，臺灣茶高經濟價值帶動了臺灣社會各層面的快速發展，茶產業發展日趨蓬勃，以光緒十四年（1888）和十六年（1890）為例，大稻埕茶釐局徵收之釐金分別為十四萬兩與十六萬兩，金額令人咋舌之外，更在短短兩年的成長率高達 14%；臺茶的高利潤甚至影響戰爭策略，如光緒十年（1884）中法戰爭，法人攻打滬尾港，考量防守，洋務委員請求暫時封港，然因秋茶出口上市在即，英國領事官員一度反對，[18] 此一戰役約翰陶德亦參與其中，並記錄於其相關著述《北台封鎖記》，從中亦得窺臺茶在當時國際市場的份量。而隨移民而來之原生地茶器與相關行為，如隨閩地與潮汕地區工夫茶而來之紫砂壺與磚胎茶灶、隨客家族群而來之龍罐，以及

---

17. 日·連橫：《臺灣通史》，卷二十七〈農業〉，頁 654–655。
18. 日·連橫：《臺灣通史》：卷十四〈法軍之役〉：「（光緒十年六月）洋務委員李彤恩以滬尾港道寬闊，無險可據，請填塞口門。英領事以秋茶上市，有礙商務，不可。彤恩往復辯論，始許，而法艦乃不能入也。」頁 407。

和移民與農業社會互助行為息息相關之奉茶，也在臺灣社會落地生根，成為隨處可見之日常風景。

簡而言之，清領時期可以同治元年開港為分水嶺，前期為內銷自用與低價毛茶，後期為外銷出口與高價精製茶，其中隨外來人口引進之茶種、工藝、勞動人口、商業模式對臺灣茶發展產生根本性的轉變，而這些轉變也隨著時間逐步深化與在地化，一路綿延不輟，醞釀轉化，為臺灣茶發展注入更多動力和可能，正因如此複雜多元，才能這般豐富精采。

三、日治時期（1895–1945）

臺灣茶發展史素有「北包種，南烏龍」之說，而北包種的大勢底定則在日治時期，包種技術引進臺灣進而在地改良發展，則與 1880 年代歐美不景氣，臺灣烏龍茶滯銷有關。為降低損失，當時茶商試著將茶運至福建以包種技術和薰花工藝加工轉銷南洋，卻意外地開啟一片藍海。1881 年泉州同安人吳福源（一說吳福佬），引進包種茶技術，在大稻埕開設「源隆號」，經營製造包種茶，開啟了臺灣在地製作包種茶的先河。此後包種茶商渡臺日多，而四年後，按中日馬關條約，臺灣劃歸日本，臺灣茶發展進入了一個新紀元。

日本對於臺灣茶產業規劃眼光是長遠的，以科學化和現代化的方式推動臺灣茶業發展，經專人調查報告後，設立茶葉試驗所進行茶種培育與推廣優質茶種（日治初期考定，清領時期已引進源自中國之青心烏龍、青心大冇、大葉烏龍和硬枝紅心等四大名種）、引進製茶機械提升生產率、設立出口茶檢驗制度確保品質、建立茶葉傳習所推廣提升相關技術等，並由官方和財團介入建立品牌，將臺灣茶的價值提升至前所未有的高度。以包種茶為例，改良武夷製茶法成文山式之王水錦和發明文山式之魏靜時，因特殊的製茶技術讓臺灣茶不須經薰花也能讓帶有花香，臺灣茶發展至此，終於真正長出專屬於在地的特有工藝。1909 年魏靜時以「南港種仔茶」參加日本博覽會獲特等獎，1910 年日本平鎮茶葉試驗所及臺灣總督府技師在臺北洲農會技員翻譯與協助下完成臺灣茶葉普查和技術調查工作，公布魏靜時「南港式」為包種茶最好製法，王水錦亦接受調查。1916年，南港包種茶產製研究中心邀請王氏與魏氏傳授包種茶工藝，然王水錦因年過古稀且目盲不克參與，力薦魏靜時出任講師，成為首位茶農身分的講師。臺灣茶業全面改革與推廣技術工作至此定調為以南港包種茶技術為基礎，進行全臺巡迴的茶葉改良與技術推廣工作，「南港式」也成為臺灣茶農製茶技術的「母法」。

然而日本亦是產茶大國，由經濟出發考量，避免市場相互重疊擠壓，定調茶葉出口路線為日本綠茶，臺灣紅茶，於是 1925 年，新井耕吉郎奉命規劃臺灣紅茶產業，預計將臺灣打造成為日本的大吉嶺。其實早在清領時期，臺灣便有引進福建小葉種紅茶和阿薩姆大葉種紅茶茶種與技術，然並未被農民與市場廣泛接受。1901 年起日本政府撥款補助日商，在臺發展紅茶產業，既是市場分散風險考量，也為降低以烏龍茶為主之洋行在臺茶業影響力，加強日商的角色。此時乃是以臺灣原生種小葉紅茶為主要原料，於 1906 年首次出口紅磚茶至俄羅斯，日本台灣茶株式會社在1910 年至 1916 年間大量輸出紅磚茶，直到 1917 年俄羅斯發生十月革命轉為共產國家，對紅茶的需求量每況愈下，臺灣紅茶的對俄出口逐漸畫下句點。對俄市場萎縮，日本政府開始嘗試進入歐美市場，但臺灣原生小葉種紅茶在歐美接受度不高，難以和印度和錫蘭等地主流茶種與工藝競爭。

遂於 1926 年自印度阿薩姆引進大葉種茶樹 Jaipuri、Manipuri、Kyang 茶籽進行試驗，並在南投埔里、魚池、水里等地進行試種，最終以魚池的種植效果最佳。總體而言，起初臺灣紅茶的發展並不順遂，在種出優質紅茶原料後，日商和臺企相繼投入生產。國際方面，1930 年代，出產紅茶國家因價格戰導致紅茶價格低迷，1933 年締結「國際茶葉限制生產協定」，希望透過減產回升紅茶價格，臺灣並未受該協定限制而趁勢崛起，日商三井集團投資設立之日東紅茶也在國際上打響名號，臺企亦透過品牌結盟方式在國際上參展亮相，經營口碑。在包種茶與烏龍茶面對價格競爭而多少顯露頹勢的時空，臺灣紅茶出口量自 1934 年開始與烏龍茶和包種茶平起平坐，其後更成為了臺灣外銷茶的主力。

除了日商介入之三井合名會社，得力於如此時空條件，新竹關西也誕生了臺灣本土之紅茶企業：台灣紅茶株式會社。1920 年代，日本政府戮力於臺灣推廣扶植紅茶產業，劃定新竹州為主要產區，1930 年代，新竹州共設立 61 處製茶廠或茶業組合，其中關西庄占 28 處為最高。1937 年，關西實業家羅碧玉號召整合家族與地方人士，共同出資設立精製茶廠與臺灣紅茶株式會社，於大稻埕設立辦事處處理外銷事宜，並曾聯合桃竹苗地區臺茶業者於國外參展，留下相關海報文宣，為重要的臺灣茶業發展史記錄，與三井合名會社並列為臺灣地區重要的紅茶企業之一。[19]

另外值得注意的是：國際紅茶市場的崛起，並不表示臺灣烏龍茶與包種茶產業被放棄：日治時期臺灣包種茶外銷，除延續清領時期已相當成熟的包種館路線，透過血緣鏈結外銷南洋，也隨著戰爭關係，日本佔領東三省，而將臺灣優質且帶花香之包種茶傾銷於飲茶審美偏好花茶的中國東北市場；肇因歐美的經濟不景氣與戰爭背景，高價臺灣烏龍茶在歐美市場銷售受阻，出身日本京都茶業世家辻利茶鋪，被稱為臺灣民間總督的三好德三郎傾心臺灣烏龍茶進而另闢蹊徑：不僅購置淡水地區茶園，改良茶葉與製茶品質，更在臺北開設辻利茶鋪分店，販售煎茶、抹茶、茶具、昆布茶與羊羹，以及各種等級的臺灣烏龍茶，包括「青龍」、「國華」、「福壽」和「蓬萊」等。其中以「青龍」最為昂貴，售價與高級玉露茶「寒月」相當，可見其推崇程度。當時臺灣世家如基隆顏家顏滄海、鹿港辜家辜振甫、板橋林家許丙都曾受邀至辻利茶鋪，品嚐其人親沏烏龍茶。三好德三郎政商關係良好，與時任臺灣總督兒玉源太郎亦有交情，對其堅信自身使命乃是推廣臺灣烏龍茶一事大有助益，據日本學者波形昭一教授的研究，昭和時期全臺約有三分之一的臺灣烏龍茶由辻利茶鋪經手，可見其影響力與臺灣烏龍茶在日本受歡迎之程度。而明治時期以來未彰顯帝國榮耀，日本多次舉辦之博覽會與共進會，1903 至 1929 間，辻利的烏龍茶獲獎高達 37 次，而且多是金賞和一等賞獎項，堪稱常勝軍，也得見彼時臺灣烏龍茶外銷日本的光輝。[20]

在外銷茶之外，1895 年木柵地區知名茶師張迺妙與同鄉張迺乾，自原籍安溪引進鐵觀音茶種與製茶技術，於茶葉共進會比賽中榮獲頭獎，成為當代知名茶人，1911 年木柵茶業公司成立，張迺妙因鐵觀音茶獲獎，聽從地方人士建議再赴安溪帶回鐵觀音種苗，分贈木柵地區茶農試種，起初成效不佳，直至 1926 年文山茶葉株式會社成立後介入，在今木柵國小後山附近栽種，才漸入佳境。張迺妙也因為經驗豐富，被官方聘為茶葉製造指導教師，從事製茶品質的改進與相關產業之

19. 關於台灣紅茶株式會社的簡述，可參羅一倫：〈臺紅茶業文化館〉，《全球客家研究》，2018 年第 10 期，頁 271–280。

20. 參謝國興、鍾淑敏、龍谷直人著；陳進盛、曾齡儀、謝明如譯：《茶苦來山人逸話：三好德三郎的臺灣記憶》（臺北：中央研究院臺灣史研究所，2015 年）。

輔導，而鐵觀音也成為木柵茶區的特色茶種，而獨特的焙火工藝也由日治一路綿延至今。[21]

四、民國外銷時期（1946–1974）與民國內銷時期（1975–）

1945 年，戰後臺灣回歸中華民國，1949 年，國民政府播遷來臺。戰後臺灣茶在日治留下的基礎與政府輔導下，快速恢復生氣，大量出口賺取外匯，初期以紅茶為主，包種和綠茶僅有少量出口。然而因日本和中國等綠茶出口大國未能恢復至滿足市場需求程度，提供了臺灣進入綠茶市場的契機。1948 年協和洋行來臺考察後，引入中國綠茶茶種與技術，於新竹桃園一帶投資十二座製茶廠，1950 年代臺灣有近百萬公斤綠茶銷售至北非市場，1954–1960 年代，紅茶綠茶為臺灣茶外銷主力，1960 年代因相對平價的爪哇紅茶崛起，且品質風味難以和錫蘭、印度等老牌紅茶產地競爭，臺灣紅茶逐漸退出外銷市場，1964 年，綠茶成為臺茶出口主流。與此同時，面對市場變遷，新竹關西之臺灣本土紅茶企業臺紅株式會社改制為臺灣紅茶公司，與桃竹苗地區紅茶業者同樣力圖轉型，於 1954 年購買眉茶製造器械並從日本進口全套蒸菁綠茶全套設備，投入實驗與推廣，並於 1963 年試銷日本獲得成功，桃竹苗地區出口日本煎茶之產業急遽發展，達到前所未有的高峰。

茶葉提供大量的外匯，自然獲得政府的補助與扶持，除了提供貸款和延攬專家進行技術支持，也在外交和博覽會等國際場合上大力公開推廣，然而隨著經濟持續發展，民間有茶產業之外更多的選擇，茶園面積持續縮減，產量下滑，加上 1960 年代初期出口北非綠茶發生摻雜事件，導致臺灣茶在國際市場顯現明顯頹勢。1975 年是臺灣茶發展的重要分水嶺，農林廳首次辦理全國臺灣茶葉比賽，分級包裝制度也始於比賽茶，官方舉辦之比賽茶也影響了茶葉工藝與市場趨勢；同年梅山開始生產高海拔地區烏龍茶，1980 年退輔會輔導福壽山農場開始種植茶葉，開啟臺灣高山茶規模化生產時期，1982 年廢除製茶管理規則，臺灣茶農從此可以自產自製自銷，然因比賽帶起的蓬勃內銷市場和門檻下降導致茶葉品牌百家爭鳴，卻也嚴重的挑戰了過往有精製茶廠和洋行作為規模經濟與分級品質把關的外銷模式，臺茶自此轉入內銷時代，烏龍茶重回主流。

1980 年代，臺灣經濟起飛，茶藝館等消費空間崛起，也對泡茶方式產生衝擊，1981 年峰圃茶莊因應相關趨勢，由德國引進茶包機械，在臺灣茶業發展史上寫下重要的改變記錄，同年茶改場吳振鐸場長由 1945 年日治時期留下來四千餘株的實生苗中選育出金萱（台茶 12 號）、翠玉（台茶 13 號）正式命名通過，除臺灣，今已廣泛植於中國、越南、泰國和印尼等地。1984 年首架布球揉捻機由南投名間鄉茶農陳清鎮研發成功，徹底改變烏龍茶人工揉捻方式。而比賽茶如雨後春筍，有按地區、製茶工藝、品種、年分等區分，甚至創下市場天價，如隨戲劇《茶金》而於近年再度廣為人知的東方美人茶，就在 2019 年創下一斤破百萬臺幣的紀錄；又如作為臺灣茶經典代表之一的凍頂烏龍，傳入時間與始自何人雖仍有爭議，[22] 但不妨礙其傳統焙火為臺灣製茶工藝的經典特色，鹿谷凍頂傳奇茶師陳阿蹺，其茶品更被譽為臺灣茶的勞斯萊斯，屢屢在拍賣場價格屢屢高升，2023 年寫下一斤兩百二十萬的拍賣紀錄；[23] 即使轉為內銷為主，量少質精的臺灣茶其實也

21. 溫振華：〈木柵茶史〉，吳三連台灣史料基金會，（網址：https://www.twcenter.org.tw/thematic_series/history_class/tw_window/e02_20010709），最後檢索日期：2024 年 3 月 29 日。

22. 相關討論參見林邵宇：《凍頂烏龍茶發展史之研究》，（臺北：臺北教育大學台灣文化研究所碩士論文，2011 年），頁 15–24。

23. 2023 年臺北惜魚春拍新聞（網址：https://m-news.artron.net/20230310/n1119397.html），最後檢索時間：2024 年 4 月

未被國際市場完全遺忘，如新加坡精品茶館 TWG 於 2015 年精選全球五大名茶禮盒中，臺東紅烏龍赫然名列其中；正因為臺灣的文化記憶與經歷和茶息息相關，於是臺灣茶裡往往沉澱著各個時期的臺灣碎片：例如因九二一大地震而被重新被發現的紅玉（台茶十八號），讓臺灣紅茶重回國際注目，回憶起從日治時期便光彩奪目的臺灣紅茶、手搖飲料茶已成為另類的臺灣之光，在國際上成為臺灣文化代表與特色，2021 年茶改場甚至為此研育兼有品飲與飲料茶優勢的特殊品種紫艷（台茶二十五號）、民間自主以茶參與國際風味評鑑所的優良成績，和各種以臺灣茶為媒介的各種跨界嘗試等，在在都傳達著：臺灣茶發展史是臺灣重要的文化 DNA，這是一段活著，且持續發展中的歷史。

五、結語

茶是臺灣重要的文化基因，臺灣茶發展史也鮮活體現了臺灣文化歷史發展的兩大特色：國際化與在地化，無論茶種、工藝、市場以及相關機制等，都是各方混血的碰撞，因此鮮活而充滿生命力，因為茶，臺灣成為世界的一部分，與世界緊密相連。這看似迥異的兩條路線，深刻交融出屬於臺灣的文化記憶與情感經歷，多元又複雜的透過不同時空留下的「物」，傳達那些或許在或許不在的人們點滴走過的故事，如同展覽中的一隻壺、一張海報、或一個茶箱，都是臺灣茶發展史的黑盒子，等著被好好凝視，好好聆聽，好好發現。

---

19 日。

引領臺北走向世界舞臺的茶文化

■ 高傳棋（臺北水窗口執行長、繆思林文化創意負責人）

地理大發現與福爾摩沙茶

當歐洲從黑暗過渡到文藝復興、地理大發現的那段歷史中，在遙遠的東方亞洲，當時的古老中國尚屬君臨天下，從事傳統農業、行科舉制度的封建社會。

當時的西方歐洲各國，在 14、15 世紀時已有資本主義的初期萌芽。直到 15 世紀末，才因葡萄牙、西班牙、荷蘭和英國等國，為向海外尋找市場和原料出產地，並擴展商業和殖民活動，因而積極地從事航海事業，開闢新航路；此乃促成地理大發現的主要原因。東方的香料、瓷器、絲綢、茶葉相繼被帶入歐洲。當時的臺灣，也扮演著來自西方各國進入東方，尤其前進中國的重要橋頭堡。此一階段，也讓臺灣接觸到千里迢迢橫跨大洋，來自西方的現代化文明。當時料誰也想不到，在兩百餘年後，被當時地理大發現時代譽為「福爾摩沙」美麗之島的臺灣，會以「Formosa Oolong Tea」馳名世界，寫下茶世界史裡的一頁美麗篇章。

多元文化的茶世界史

2004 年由玉山出版社翻譯出版，日人角山榮所撰述的《茶的世界史：文化與商品的東西交流》書中指出：「如果說香料促成歐洲對亞洲航路的開拓，那麼茶和棉布就是促進近代歐洲資本主義興起的契機」。東方的「茶文化」、西方的「咖啡文化」各具特色與面對未來的挑戰。2003 年 12 月由新星出版社編集部所著的《茶事典：亞洲茶世界的茶飲、茶藝、茶點、茶具、茶館》一書，更清楚指出：「昔日中國人摘取天然的茶葉泡成茶喝，是西元前的事情了。當初，茶被當成藥水來飲用，直到上層貴族階級或僧侶們，將飲茶轉變成爲生活習慣後，茶才逐漸在中國各地流傳開來，之後也隨著絲路傳播到世界各地，亞洲各國由古至今，都懂得品嚐茶的樂趣。」

再者，2018 年由北京三聯翻譯出版，Victor H. Mair、Erling Hoh 等 2 人所合著的《茶的真實歷史》一書，更以「時間歷史」變遷為經線，以全球的「空間地域」傳播為緯線，呈現出一幅栩栩如生的世界茶文化史全圖。2019 年由趙方任、ウリジバヤル、常宏等 3 人所共同發表在《人間生活文化研究》的〈中國蒙古族飲茶習俗研究〉一文中指出：「1206 年蒙古帝國建國前後，蒙古

1890 年代大稻崁載茶到大稻埕帆船

1890 年代大稻埕製茶

1890 年代大稻埕製茶

族就已經接觸到飲茶文化,並在漸次南侵的過程中,接受了作爲北方茶俗的『多元化添加奶茶』品飲方式;14世紀由元忽思慧撰寫的《飲膳正要》一書中記載了『炒茶、蘭膏、玉磨茶、酥簽』等多種以乳製品爲主的多元化添加奶茶,說明奶茶文化在蒙古有了一定的發展和普及。16世紀下半葉,伴隨著西藏喇嘛教在蒙古地區的傳播,由僧人飲茶帶動了民間飲茶,促進了奶茶在民間的廣泛傳播與普及。雖然在時間上前後相差800年左右,但茶文化在『漢族黃河流域的傳播和普及』與茶文化在『蒙古族地區的傳播和普及』竟然不約而同地走上了同一條路」。

種茶、泡茶、飲茶到今日日本著重的「茶道」、韓國的「茶禮」、中國的「茶藝」,再到臺灣近年來極力開發與著力的「生活茶文化與優質茶產業」以及蓬勃發展的手搖茶飲。幾百年來,茶的世界史可說與東方,尤其是與華夏文明有深厚關係的亞洲各國,有密切的關聯性。今日的世界,烏龍茶、包種茶、紅茶、綠茶等不同發酵程度之各式茶葉,在世界各地似乎已蛻變出百花齊放的多元茶文化。

掌握歷史機緣

臺灣四百年來發展的時空脈絡,一路從南臺灣的臺南府城、打狗(高雄)、諸羅(嘉義)、彰化,到北臺灣的竹塹(新竹)、臺北、宜蘭等地。在1860年以前,臺灣的主要經濟作物以鹿皮、稻米、糖為主,而適合米、糖種植的中、南部平原大致也於1800年左右開墾殆盡。而1800－1860年間全島人口增加4倍,之後若無新產業興起的話,實無法扶養當時的人口壓力。再加上歷史機緣,正逢臺灣開港,且找尋到另一發展空間與經濟活動。

自清咸豐10年(1860),依據天津條約淡水開港,1862年間清政府允許將淡水港界擴充,包括大稻埕、艋舺在內,外商可溯上淡水河到大稻埕與艋舺等地來經商貿易。1865年英商杜德由福建引進安溪茶苗,並貸款給臺灣北部農民勸誘種植茶葉,隔年1866年開始收購茶葉載運到澳門銷售,由於廣受外國人好評,於是大規模在大稻埕開設茶館,以精製臺灣烏龍茶(Formosa Oolong Tea)馳名世界。

1890 年代大稻埕製茶

1890 年代大稻埕製茶

1890 年代大稻埕製茶

連橫所著的《臺灣通史》中也曾提到：「嘉慶時，有柯朝者，歸自福建，始以武彝（意指今武夷山），植於桀魚坑（約今臺北縣瑞芳一帶），發育甚佳，既以茶子二斗播之，收成亦豐，隨互相傳，蓋以臺北多雨，一年可收四季，春夏為盛....迨同治元年，滬尾（今淡水）開港，外商漸至。時英人德克（意指 John Dodd 英商約翰‧杜德）來設德克洋行，販賣阿片樟腦，深知茶葉有利。四年，乃自安溪配至茶種，勸農分植，而貸其費。收成之時，悉為採買，運售海外」。

當時的臺灣茶以烏龍茶為代表，烏龍茶曾有「東方美人」之雅譽，其在國際商場行情之高，洋人趨之若鶩。外商「德記、美時、義和、新華利、怡和行」等先後在大稻埕設立分公司，向英、美等歐洲國家輸出烏龍茶，除將大稻埕塑造成當時的著名茶市外，也讓世界看到臺北。當時臺灣茶大多由大稻埕經淡水港運到廈門再轉運至美國銷售，至 1867 年時，大稻埕和艋舺所精製的烏龍茶，經滬尾海關出口的已有 20 餘萬斤。在臺灣的國際貿易發展上，茶產業曾扮演了火車頭的地位，但是很少人知道茶葉造就了臺北的興起和繁榮，使北臺取代南臺，臺北繼臺南、臺中、新竹之後，成為臺灣近百年來的首善之都。

北臺開發與清季開港

北臺的開發時空歷程，與淡水河流域沿岸聚落的開拓史、土地利用變遷、以及每個時期行駛在流域內之交通工具及其載運的往來產品、物質，有著非常顯著的關係。

此外，因應不同氣候與地理條件下所發展出的產業、經濟活動，諸如臺北盆地、宜蘭平原、桃園臺地上的水圳、埤塘開闢與稻作生產；臺北盆地四周山地、桃竹苗丘陵地上從大菁種植、樟

1890 年代淡水河畔大稻埕碼頭景觀剪影

1890 年代淡水河碼頭與其上的鐵路橋

1898 年大稻埕河港舟楫船運剪影

1900 年代淡水河畔的大稻埕

1905 年大稻埕碼頭剪影

1905 年大稻埕碼頭剪影

1907 年人來人往之大稻埕市街剪影

1910 年代淡水河港大稻埕

腦開採、到茶園的開闢。北臺灣的開發與移墾史，其實就是各種不同地理區位上，各式生產、經濟活動下，所導致的土地利用或人造地景—聚落型態、灌溉模式、交通運輸等—的變遷史。其中又以盛行在清末 1860 年間，據天津條約之淡水開港起，至 1980 年代，這近百餘年來，北臺灣丘陵地上「綠油油井然有序之茶園」，最具代表與壯觀。此北臺適宜廣植茶葉的氣候與地理條件、辛勤的茶農世家、以及往來便捷的淡水河河運、大稻埕市街內風起雲湧的茶館、茶行、茶商等，百餘年來，將臺北從一默默無名的遠東邊陲市集，逐漸轉變成得以立足在世界舞台上的國際大都會。今日臺北的繁榮風貌與經濟，茶產業具有開路先鋒且有引以為傲的風華絕代史。

據葉振輝在 1985 年 5 月出版的《清季臺灣開埠之研究》書中指出，臺灣早在明鄭 1664 年間，就與遠在西方的英國締結條約，允許其在臺江沿岸（今臺南市西側市區至安平港一帶）設立倉庫，使其能藉由臺灣安平港與中國廈門港作貿易；然至 1683 年鄭氏王朝降清之後，領臺的清廷實施長達兩百多年的海禁政策，臺灣再度開放對外貿易已是清末咸豐年間之事。1860 至 1863 年間臺灣在天津條約及其附約的規定之下，正式對外開放了雞籠（基隆）、滬尾（淡水）、安平、打狗（高雄）等對外通商口岸。至 1866 年底時，北臺的淡水港埠，其範圍實際上已擴大到淡水河流域沿岸的大稻埕、艋舺等市街。

1910 年代行駛在淡水河流域載運人貨的船

1910 年代淡水河港大稻埕

1910 年代淡水河運戎克船剪影

1914 年大稻埕淡水河河岸

　　而促使當時西方海權列強各國開始注意臺灣，迫切想要清廷開放臺灣貿易港埠之因素，分別有：臺灣附近海域屢傳西方船舶船難、島內擁有樟腦與米糖等有利出口之產品、亦有價廉物美的黑金煤礦、臺灣作為重要的鴉片市場、並各國之間流傳經營臺灣的計畫…等。

　　清代臺灣的開埠，是臺灣史上一件劃時代的大事情，除在政治上加快了臺灣內地化的腳步，經濟上致使臺灣貿易的依賴關係逐漸從中國大陸轉向世界各國，在社會上也造就了「買辦商人」此一新的臺灣社會階級之崛起。

　　開埠前的臺灣，在對外國貿易的各種商品中，以進口的鴉片，和出口的樟腦、煤、稻米、糖等產品為最大宗；開港後的臺灣，尤其是北臺的淡水港，則以茶產業為最大出口物。從 1881 至 1894 年間，茶的出口值已佔臺灣全年出口總值的一半以上，甚至在 1885 至 1887 年，連續三年間，茶的出口值佔全年出口物質總值的七成以上。距今 140 餘年前的茶產業，其角色有如今日的半導體、筆電、IC 設計、手機鏡頭等臺灣龍頭產業。

從樟腦到茶葉

　　樟腦曾是臺灣三寶的第三寶，在臺灣島內先民的移民拓墾過程中，尤其是山地的拓墾上，樟腦曾扮演非常重要的角色。原住民或閩粵先民進入內山時，除了狩獵、抽藤、砍樹，就是伐樟製腦。其提煉出的樟腦油與樟砂，就是防蟲與殺蟲劑、香水、穩定油漆、無煙火藥、賽璐璐、藥品等重

要的原料。當時，臺灣與日本是全世界僅有的兩個天然樟腦供應地，其中臺灣的樟腦產業最盛產時曾佔全世界總產量的 80% 以上，亦即 1877 年以前的臺灣壟斷了世界的樟腦市場。

臺灣在樟腦聞名於全世界的同時，茶產業也恰巧為臺灣開啟了另一面世界之窗與國際能見度。福爾摩沙茶從古至今行銷海外 50 餘國，不僅締造北臺灣的經濟發展，更造就了大稻埕茶商富可敵國的身家，其中最具代表者為臺灣茶葉之父「李春生」。臺灣醫學博士杜聰明也曾在 1963 年 9 月 21 日的「臺灣新聞報」上，撰述了〈臺省茶葉之父：李春生的生平〉一文，該專文以「同治三年搭輪來臺、野生茶樹觸動靈機、外人來臺紛設茶廠、促成臺茶運銷海外、年老退休著書自娛」為主軸著述。

再者，根據林滿紅在其 1997 年 4 月所撰述《茶、糖、樟腦業與臺灣之社會經濟變遷（1860 － 1895）》一書中指出，清末開港後的臺灣，其茶、糖、樟腦之所以成為當時的出口大宗，是當時世界市場取向與開港之後貿易範圍擴大等兩項因素相互激盪下的結果。清初臺灣的貿易範圍以中國大陸為主，正式開埠後，則透過茶、糖、樟腦的出口而遍及全球；其中茶市場以美國為主、糖市場以中國與日本為主、樟腦市場以德美英法印等國為主。

此外，陳煥堂、林世煜等兩位臺灣茶研究前輩在其 2001 年 6 月所著述的《臺灣茶 Formosa Oolong Tea》一書中，深入地闡述這段發展史。1866 年正是臺茶走向世界舞臺的時刻，當時由英商杜德所引進的茶葉，正是後來廣為人知的烏龍茶。烏龍茶從中國引進臺灣後，「烏龍」這兩字，不僅落地生根，且大放異彩。

臺茶之所以可以躍上世界舞臺，除掌握歷史機緣與國際市場之需求外，更是先民智慧所經營之成果。尤其是活躍於臺北的國內外茶商、茶行，與站在第一生產線的各類茶農們，甚至爾後發展出的茶郊與茶商公會。茶農、茶販、茶商、茶館、茶棧、茶莊、茶行、茶廠、茶葉公（工）會，

1915 年大稻埕舊市場

1916 年大稻埕市場

1930 年代大稻埕市街

1920 年代來往艋舺大
稻埕與滬尾之唐山帆船

1930 年代大稻埕市街剪影

1930 年代大稻埕市街剪影

如此綿密且深具活力、創造力、勇於冒險的產業組織，組成了臺灣茶產業王國，每一角色缺一不可，其中位於臺北淡水河畔的大稻埕的崛起與繁榮至今更是如此。

大稻埕嬉遊記

　　大稻埕街區內，雖然沒有像艋舺擁有眾多的兩三百年廟堂文化以及傳承數代的百年老店與匠師達人，也沒有臺北城內那些富麗堂皇的大型官式建築與博物館。但是，大稻埕街區卻是唯一可以吃到、看到、聞到、聽到、摸到北臺，甚而是臺島多樣特色的街區。舉凡過往傳承至今的米街、茶街、布市街、中藥街、南北貨街、戲館街、醫生街，甚至近年所發展起來的文創、餐飲、劇場、工作坊、博物館、品牌店、複合式空間等等。

　　大稻埕因其為河港碼頭、早期洋行與外國領事館林立、加上現代化市街的闢建，發展至今除了保有昔日的中藥店、精製茶行、綢緞布莊、米行、南北貨、打鐵店、包裝紙店等傳統產業與百年老店外，近年在百年老屋裡經營的書店、文創店、走讀導覽公司、服裝出租、創意飲品與美食複合店、畫廊與藝術展示等如雨後春筍般的出現。

　　1860 年開港後，北臺最多藝文人士作為攝影、繪畫、寫生、詩文、歌謠、音樂、新劇、文學、小說、藝陣、電影等文藝創作的滋養環境與取景空間者，以淡水、北投、大稻埕、艋舺、城內等地為主。其中又以大稻埕最具多樣，且為藝文雅士最常聚會交流之好所在。百年來在此曾有過的旗亭酒家、咖啡館、餐廳、舞廳、劇場、電影院各領風騷。

　　從社區營造到地方創生，從創意文化到文化創意，大稻埕迪化街兩側街屋，因擁有全國第一個可以容積移轉的歷史風貌特定專用區的政策驅動下，許多原有經營傳統老產業的百年老屋，經修建再生活化後，進駐了許多諸如：茶器、陶藝、農藝、民藝、工藝、古物民具、文具、傢俱、伴手禮、文藝書店、生活風格、布料手作、走讀導覽、服裝出租、手搖飲品、創意美食、畫廊、藝術展示等文創店與琳琅滿目的複合式店面空間。

1930 年代大稻埕市街剪影

1930 年代大稻埕街道

1930 年代淡水河岸大稻埕剪影

1930 年代台北茶商公會宣傳廣告
1939 年大稻埕

日治時期台北茶商公會所印製的烏龍茶包裝紙

和合青田入口　　　　　　　　和合青田建築物與庭院剪影　　　　青田七六入口剪影

青田七六所調查繪製的古今昭和町導覽地圖　　青田七六原屋主的生活座右銘　　青田七六庭院內所展示出的臺灣岩石礦物

　　近年在老街保存、老屋活化、年貨大街、創意街區、URS、無圍牆城市博物館等政策與活動的帶動下，不僅更多的國內中小學生畢業旅行、員工旅遊參訪、專業者建築導覽、觀光走讀散策等在此百花齊放之外，大稻埕也是日韓港與歐美人士來臺旅遊觀光時的必選之地。許多旅人在此一遊時，幾乎人手一杯「大盜陳茶飲（創始店）」的手搖茶飲。

從手搖飲王國到臺灣之光

　　根據經濟部、財政部、中華徵信所的調查，2023 年上半年全臺單就「手搖飲店」就達 1 萬 5,744 家，每年約可賣出 10 億 2 千萬杯的手搖飲，並以高雄市 3,100 家居全臺之冠，可說高雄人每天平均能喝掉近 2 萬 5 千杯的各式手搖飲。

　　臺灣在世界上除了以半導體聞名之外，更被稱作手搖飲王國，不僅是因為全臺的手搖飲店家總數，已超過近 1 萬 4 千家的便利商店（全聯、美廉社、統一、全家等），更因鮮美獨特的口感而席捲全球。其中最具代表的公司就是從本土數十家手搖茶飲的「歇腳亭（Sharetea）」，其「聯發國際餐飲事業股份有限公司」不僅成功躍升為上市上櫃，並在全球開設近 4 百多家，可說是另類的臺灣之光。近年只要臺積電到美國、德國、日本等國設廠，這杯由聯發國際所研製的臺灣珍珠奶茶，也會隨著半導體落腳生根在世界各國。至今，已立足全球 4 大洲之美國、加拿大、澳洲、杜拜、印尼、馬來西亞、菲律賓、新加坡、香港、捷克、科威特、阿拉伯聯合大公國、墨西哥等 13 個國家及地區、50 座國際城市。其中又以美國為主力市場，已成功跨足全美 25 州，是目前全美國市佔率第一的臺灣本土手搖茶飲品牌。這家在 1992 年從臺北城內重慶南路與補習街南陽街騎樓（亭仔腳）起家的歇腳亭（Sharetea），當年創店的核心理念即是「秉持做好茶的初衷，分享品茶的美好，將茶飲文化持續落地生耕，座落全臺灣的城市歇腳，品味生活，從一杯好茶開始」。創業至今逾 30 多年，去年 2023 年更榮獲第 20 屆國家品牌玉山獎「傑出企業類」大獎，有臺灣茶飲界 LV 的美名。

蒙藏文化館的好鄰居「青田街茶文化」

　　臺灣除了有上述快速崛起的新式手搖茶飲店之外，近年來大稻埕、艋舺、城內等三市街內的百年老茶行，諸如：有記、林華泰、福大同、峰圃、全祥等，也陸續推出代表自家店的各式茶罐、茶包、茶袋。年輕世代接手後，也開始以「文化、生活化、文創化、年輕化」等概念行銷推廣自家的老茶行特色。此外，位於臺北的新興社區裡，國內外觀光客喜歡去的西門町、永康街、溫州街、青田街、公館、師大、民生社區等街廓裡，也開始出現結合老屋再造、茶藝花道、走讀散策、展覽演講、工作坊、季節茶會、節氣活動、手作餅乾與甜食等多元方式來推廣各式的茶文化。

　　其中位於蒙藏文化館的好鄰居和合青田、青田茶館、青田七六等空間，其共同特色就是擁有戶外日式庭園、老樹群，以及日治時期木材構造的老建築。上述這些於 1930 年代興建在當年昭和町的日式房舍，其居住者多為曾任教於臺北帝國大學、臺北高等學校，即戰後臺灣大學的知名教授。例如「青田七六」的取名由來是因其地址位於青田街 7 巷 6 號，此處在日治時期由足立仁教授興建，屬於當年由教授們集體開發興建的「大學住宅組合」之一。戰後，由臺大地質學著名教授馬廷英接續入住，2006 年正式成為市定古蹟。最值得一提的是，從老房子再生修復、開館營運都是由臺大地質系畢業校友們共同努力完成的。青田七六除了散策導覽深獲好評外，也推出日本和服、日本茶道、索拉花草手作、精油調香應用、日式和菓子手作、日本細工布花簪、動物羊毛氈手作等文化體驗。其中的日本茶道的文化饗宴，主要訴求是「日本茶道是一門綜合藝術，是了解日本文化的終南捷徑。茶道中所追求的簡素枯高，與生活日常中的繁雜華彩不同，這樣完全不一樣的風景，正好可以震撼我們的心靈，讓我們看到眼睛看不到的另一面，是文化的深度，是靈魂的明鏡。茶會自古即是日本人重要的社交活動，從茶會的裝置、道具中看到時序的變化；透過演示茶室禮儀，身體力行優雅入席的方法，點茶演示的流程，學習懷抱著款待之心刷一碗茶」。

青田七六建築物與庭院剪影

青田茶館入口剪影

青田茶館內部剪影

青田茶館入口

青田茶館內部剪影

青田茶館內部剪影

華顏號茶館入口剪影　　　　華顏號茶館內部剪影　　　　華顏號茶館內部剪影

　　另一棟位於蒙藏文化館斜對面，青田街 8 巷 10 號的「和合青田」，最初是任教於臺北高等學校，且為臺灣第一本地理教科書的總編輯三尾良次郎教授的私人宅邸。1943 年日治末期移交給臺灣電力株式會社，戰後轉為臺電公司宿舍與會議場地使用，荒廢數十年後，直到 2017 年才修復完成並以中式茶館形式重生，以煥然一新的姿態成為青田街巷裡的茶文化生活空間。該店除舉辦室內講座外，也提供預約式的 3 小時茶體驗，每季也會推出不同的茶會活動。從開幕至今已推出：《紅樓夢》裡的茶事、唐代宮廷茶文化、宋代茶館、清代茶館、茶在世界的傳播史、月見茶會、祝壽茶會、婚禮茶會、臘八月等跨越春夏秋冬四季的茶文化活動，甚至也有暑期兒童茶趣夏令營等為兒童舉辦的茶文化活動。和合青田藉由此處茶文化空間裡的和洋茶室、太和座敷、和合續間、書齋茶房、台目茶室、不捨茶亭、六和茶屋、邀月茶席等氛圍來讓訪客們體驗燜茶、泡茶、煮茶的意涵與流程。近年和合青田在青田七六的對面，青田街 7 巷 5 號開設了一家「銀之竜－華顏號（茶器物）」，入訪者除了可以品嚐一杯來至雲南古茶樹區的普洱茶之外，也可以購買自用或送禮的各種茶器、茶葉、茶罐、茶禮盒。

　　和合青田的隔壁即是 8 巷 12 號的「青田茶館」。從日治臺北帝大庄司萬太郎教授，至戰後臺大哲學系主任洪耀勳教授都曾居住過這裡。在荒廢近 20 年後，直至 2011 年，再由敦煌畫廊修護並活化，以藝術展覽為主軸於此處開設茶館。在這裡可以從臺灣功夫茶之臺灣特級紅茶、高山茶、凍頂烏龍茶、蜜香烏龍茶、東方美人茶，品嚐到雲南古樹茶之松林秋香、木化茶丹、永德銀芽、古樹紅茶、雙江大吉。從探索雲南臨滄大雪山、永德、雙江、冰島等百年至上千年之茶款，到穿越西雙版納之易武、勐海、老窩、邊境國有林等 200 至 600 年的野生喬木古樹茶品飲，體驗不同產區、不同年份發酵，且由不同師傅所精心製作出的雲南古樹茶。此種強調以古法製茶以保留茶葉裡的多酚、酵素、益生菌等營養成份，以滋潤、活化、抗氧化飲茶人的身心靈的能量循環。此處得以欣賞屋內的藝術作品、古物傢俱，亦可由大片落地窗望向戶外日式庭園與老樹，帶有禪藝與藝術相結合的茶文化空間。而好茶搭配茶食更是一絕，店內茶食強調無添加防腐劑與人工香料，從臺式本土的鳳梨餅、綠豆糕、芋泥糕，到日式的紅豆吹雪、西式的起司蛋糕，非常多樣且美味。

清領時期（1683-1894） ● ●

閩式工夫茶道具組
Minnan-style Kung Fu Tea Set

宜興孟臣朱泥壺（款「君德」） 11.5×7.5×6.5 cm
青花玉堂富貴圖杯（款「若深珍藏」） 6.5×6.5×2.8 cm
漳窯哥釉壺承 13×13×5 cm
漳窯哥釉杯承 17×17×3.5 cm
白泥刻詩文大吉款玉書煨 15×13×6.5 cm
白泥印詩文高身三峰爐 12×12×34 cm
白泥方形爐墊 14×14×2.5 cm
漳窯哥釉大茶洗 18×18×7.5 cm
漳窯哥釉副洗 12.5×12.5×3.5 cm
漳窯白哥釉副洗 12×12×4 cm
漳窯哥釉壺承—夏用 3.5×13.5×3.3 cm
青花繪柳下駿馬水缽 20×20×16 cm
錫茶罐 8×8×13.5 cm
清代中、末期（乾嘉道時期）
The Mid- and Late-Qing Dynasty (during the Qian-Jia-Dao reigns)
陶瓷 Ceramic
私人收藏 Private Collection

瓷製茶罐
Porcelain Tea Pitchers

11.5×11.5×28 cm
19 世紀　19th century
陶瓷　Porcelain
私人收藏　Private Collection

閩式紅泥雙層茶灶
Minnan-style Red Clay Dual-layered Tea Stove

茶灶 Tea Stove 36.5×18×40 cm
茶爐 Tea Brazier 14.5×14.5×24.5 cm
砂銚 Sand Teapot 14×14×13 cm
炭箸 Charcoal Chopsticks 22 cm
炭夾 Charcoal Tongs 18 cm
1950 年代羽扇 Feather Fan (in the 1950s) 40×22 cm
清領時期 Period of Qing Rule
紅泥（陶）、白泥（陶）、銅 Red clay, white clay, copper
私人收藏 Private Collection

閩式青瓷安平罐
Minnan-style Celadon Anping Jars

H 13.5-14 cm
清末　Late Qing Dynasty
陶瓷　Ceramic
私人收藏　Private Collection

醬釉薄胎手製梨式小壺及漳州窯龍泉青釉工夫茶壺承
Handmade Small Eggshell Teapot with Brown Glaze in Pear Shape & Zhangzhou Ware: Mock Longquan Ware of Celadon Tea Tray

款「上品」茶壺
Teapot with Inscription: "Shangpin (Premium)"
11×11×7.5 cm
日治時期　Period of Japanese Rule
壺承　Tea Tray　14×14×5 cm
清領時期　Period of Qing Rule
陶、瓷　Clay, ceramic
私人收藏　Private Collection

閩式直頸茶葉罐
Minnan-style Straight-neck Tea Container

28×28×26 cm
清領時期　Period of Qing Rule
陶　Clay
私人收藏　Private Collection

黑底描金漆盒內胎錫製茶箱
Black Lacquer Box with Outline in
Gold and Tin Caddies Inside

28×20.5×20 cm
19 世紀　19th century
木胎漆器、錫
Wooden-body lacquerware, tin
私人收藏　Private Collection

紅底描金漆盒內胎錫製茶箱
Red Lacquer Box with Outline in
Gold and Tin Caddy Inside

21.5×21.5×14 cm
19 世紀　19th century
木胎漆器、錫
Wooden-body lacquerware, tin
私人收藏　Private Collection

黑底描金漆盒內胎錫製茶箱
Black Lacquer Box with Outline in
Gold and Tin Caddy Inside

33×20×33 cm
19 世紀　19th century
木胎漆器、錫
Wooden-body lacquerware, tin
私人收藏　Private Collection

黑底描金漆盒內胎錫製茶箱
Black Lacquer Box with Outline in
Gold and Tin Caddies Inside

43×32×32 cm
19 世紀　19th century
木胎漆器、錫
Wooden-body lacquerware, tin
私人收藏　Private Collection

直立形漆製茶箱
Upright Lacquer Tea Box

茶箱 Tea Box　32×22×15 cm
立架 Stand　59.5 cm
19 世紀　19th century
木胎漆器、錫　Wooden-body lacquerware, tin
私人收藏　Private Collection

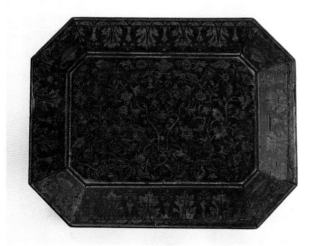

直立形黑底描金漆盒茶箱
Upright Black Lacquer Tea Box
with Outline in Gold

茶箱 Tea Box　34×26×15 cm
立架 Stand　61 cm
19 世紀　19th century
木胎漆器　Wooden-body lacquerware
私人收藏　Private Collection

茶箱
Tea Box

27×20×21.5 cm
19 世紀　19th century
木　Wood
私人收藏　Private Collection

漆金茶箱內附錫製茶盒
Tea Box with Painted Gold
Decoration and Tin Caddies
Inside

25.5×18.5×15 cm
19 世紀　19th century
木胎漆器、錫
Wooden-body lacquerware, tin
私人收藏　Private Collection

黑底描金茶盒
Black Tea Box with Outline in Gold

10×6.5×5.5 cm
19 世紀　19th century
木胎漆器　Wooden-body lacquerware
私人收藏　Private Collection

茶箱
Tea Bins

22×26×26 cm
19 世紀 - 20 世紀初
19th- early 20th century
馬口鐵　Tinplate
私人收藏　Private Collection

茶箱內胎錫製茶盒
Tea Box with Tin Caddy Inside

20.5×20.5×24 cm
19 世紀 - 20 世紀初　19th- early 20th century
木、錫　Wood, tin
私人收藏　Private Collection

茶盒
Tea Box

22×13×12 cm
19 世紀 - 20 世紀初　19th- early 20th century
木　Wood
私人收藏　Private Collection

黑底描金漆盒內胎錫製茶盒
Black Lacquer Box with Outline in
Gold and Tin Caddy Inside

16.5×11×8 cm
19 世紀 - 20 世紀初　19th- early 20th century
木胎漆器、錫
Wooden-body lacquerware, tin
私人收藏　Private Collection

黑底漆盒內胎錫製茶盒
Black Lacquer Box with Tin Caddies
Inside

24×17.5×11 cm
19 世紀 - 20 世紀初　19th- early 20th century
木胎漆器、錫
Wooden-body lacquerware, tin
私人收藏　Private Collection

茶罐
Tea Jar

27×27×31 cm
19 世紀 - 20 世紀初　19th- early 20th century
錫　Tin
私人收藏　Private Collection

錫製茶罐及托盤
Tin Tea Jars and Tray

罐 Jar　13×13×15 cm
托盤 Tray　32.5×22 cm
19 世紀 - 20 世紀初　19th- early 20th century
錫　Tin
私人收藏　Private Collection

茶罐
Tea Jar

21×21×21 cm
19 世紀 - 20 世紀初　19th- early 20th century
錫　Tin
私人收藏　Private Collection

茶罐
Tea Jar

21×21×31 cm
19 世紀 - 20 世紀初　19th- early 20th century
錫　Tin
私人收藏　Private Collection

茶罐
Tea Jars

罐 Jar 10×16×8 cm
木托 Wooden Tray 10×9×1.6 cm
19 世紀 - 20 世紀初 19th- early 20th century
錫 Tin
私人收藏 Private Collection

茶罐
Tea Jars

27×27×42 cm
19 世紀 - 20 世紀初 19th- early 20th century
鐵 Iron
私人收藏 Private Collection

茶箱一對
Tea Bins (one pair)

24×35×36 cm
19 世紀 - 20 世紀初　19th- early 20th century
馬口鐵　Tinplate
私人收藏　Private Collection

茶箱
Tea Bin

50×60×69 cm
19 世紀 - 20 世紀初　19th- early 20th century
馬口鐵　Tinplate
私人收藏　Private Collection

茶箱
Tea Bins

62×41×65 cm
19 世紀 - 20 世紀初
19th- early 20th century
木、馬口鐵　Wood, tinplate
私人收藏　Private Collection

茶箱
Tea Bin

40×47×50 cm
19 世紀 - 20 世紀初　19th- early 20th century
馬口鐵　Tinplate
私人收藏　Private Collection

德記洋行外銷茶海外零售標籤
Overseas Retail Label of Tait & Co.
for Export Tea- TEMPLE CHOP

33×36 cm
清領−日治時期
Period of Qing Rule- Period of Japanese Rule
紙質　Paper
私人收藏　Private Collection

德記洋行外銷茶海外零售標籤
Overseas Retail Label of Tait & Co.
for Export Tea- PINE APPLE CHOP

33×36 cm
清領−日治時期
Period of Qing Rule- Period of Japanese Rule
紙質　Paper
私人收藏　Private Collection

德記洋行外銷茶海外零售標籤
Overseas Retail Label of Tait & Co.
for Export Tea- GOLD JOSS CHOP

27×31 cm
清領─日治時期
Period of Qing Rule- Period of Japanese Rule
紙質　Paper
私人收藏　Private Collection

德記洋行外銷茶海外零售標籤
Overseas Retail Label of Tait & Co.
for Export Tea- GILT EDGE

33×37 cm
清領─日治時期
Period of Qing Rule- Period of Japanese Rule
紙　Paper
私人收藏　Private Collection

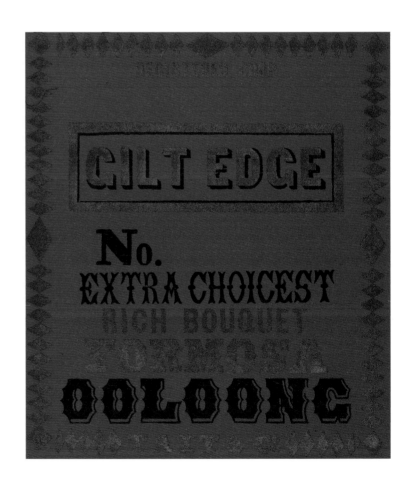

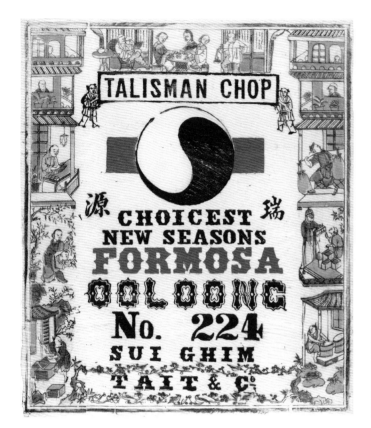

德記洋行外銷茶海外零售標籤
Overseas Retail Label of Tait & Co.
for Export Tea- TALISMAN CHOP

33×37 cm
清領−日治時期
Period of Qing Rule- Period of Japanese Rule
紙質　Paper
私人收藏　Private Collection

日治時期（1895-1945）

花卉紋龍罐
Dragon Pot with Floral Pattern

20×22×21 cm
日治時期　Period of Japanese Rule
陶、釉　Clay, glaze
私人收藏　Private Collection

龍紋龍罐
Dragon Pot with Dragon
Pattern

30×29×26 cm
日治時期　Period of Japanese Rule
陶、釉　Clay, glaze
私人收藏　Private Collection

醬釉陶大龍罐
Large Ceramic Dragon Pot with Brown
Glaze

30×30×25 cm
日治時期　Period of Japanese Rule
陶　Clay
私人收藏　Private Collection

流釉水缸
Flow-glaze Water Vat

56×56×61 cm
日治時期　Period of Japanese Rule
陶、釉　Clay, glaze
私人收藏　Private Collection

水缸
Water Vat

40×40×47 cm
日治時期　Period of Japanese Rule
陶　Clay
私人收藏　Private Collection

龍紋大龍罐
Large Dragon Pot with Dragon Pattern

28×26×22 cm
日治時期　Period of Japanese Rule
陶、釉　Clay, glaze
私人收藏　Private Collection

龍紋小龍罐
Small Dragon Pot with Dragon Pattern

13×10×10 cm
日治時期　Period of Japanese Rule
陶、釉　Clay, glaze
私人收藏　Private Collection

藤編紋龍罐
Dragon Pot with Rattan-weaving Pattern

17×14×14 cm
日治時期　Period of Japanese Rule
陶、釉　Clay, glaze
私人收藏　Private Collection

泉成梨形壺（左）
Pear-shaped Teapot of Quancheng

13×9×9 cm
日治時期　Period of Japanese Rule
陶、釉　Clay, glaze
私人收藏　Private Collection

泉城側把壺（右）
Side-handled Teapot of
Quancheng

11×10×7 cm
日治時期　Period of Japanese Rule
陶、釉　Clay, glaze
私人收藏　Private Collection

擂茶碗
Lei Cha Bowl

17×17×7 cm
日治時期　Period of Japanese Rule
陶、釉　Clay, glaze
私人收藏　Private Collection

嫁妝茶具組
Dowry Tea Set

29×29×14 cm
日治時期　Period of Japanese Rule
瓷、木胎漆器　Ceramic, Wooden-body lacquerware
私人收藏　Private Collection

木製番女杵歌有蓋漆器茶杯
Wooden Lidded Lacquer Teacup Painted
with Indigenous Women Singing the
Pounding Song

8.6×8.6×12 cm
1895-1945 年　1895-1945 A.D.
木　Wood
國立臺灣歷史博物館收藏
National Museum of Taiwan History Collection

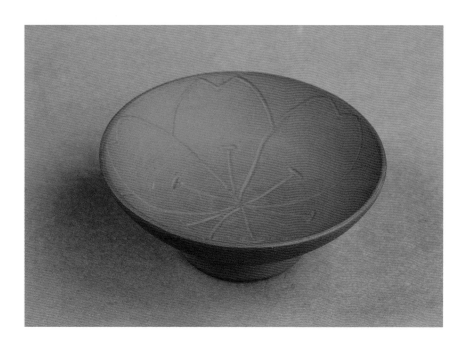

南投燒紀念杯
Nantou Ware: Commemorative Teacup

7.5×7.5×3.1 cm
1895-1945 年　1895-1945 A.D.
陶瓷　Clay
國立臺灣歷史博物館收藏
National Museum of Taiwan History Collection

日式花紋小瓷杯
Small Japanese Decorated Porcelain
Teacup

7.2×7.4×5.1 cm
1895-1945 年　1895-1945 A.D.
陶瓷　Ceramic
國立臺灣歷史博物館收藏
National Museum of Taiwan History
Collection

日式花紋小瓷杯
Small Japanese Decorated Porcelain
Teacup

7.3×7.3×5 cm
1895-1945 年　1895-1945 A.D.
陶瓷　Ceramic
國立臺灣歷史博物館收藏
National Museum of Taiwan History
Collection

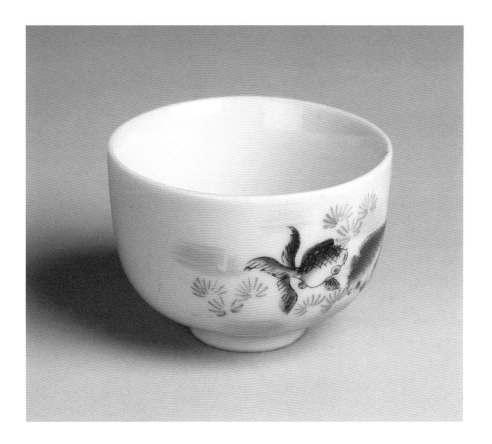

日式花紋小瓷杯
Small Japanese Decorated Porcelain
Teacup

7.4×7.1×4.9 cm
1895-1945 年　1895-1945 A.D.
陶瓷　Ceramic
國立臺灣歷史博物館收藏
National Museum of Taiwan History
Collection

日式花紋小瓷杯
Small Japanese Decorated Porcelain
Teacup

7.2×7.2×5 cm
1895-1945 年　1895-1945 A.D.
陶瓷　Ceramic
國立臺灣歷史博物館收藏
National Museum of Taiwan History
Collection

日式花紋小瓷杯

Small Japanese Decorated Porcelain
Teacup

7.3×7.4×5.2 cm
1895-1945 年　1895-1945 A.D.
陶瓷　Ceramic
國立臺灣歷史博物館收藏
National Museum of Taiwan History
Collection

木雕彩繪花果紋茶具盒

Wood-carved Tea Set Box Painted with
Flower and Fruit Patterns

33.7×33.6×12 cm
1912-1945 年　1912-1945 A.D.
木　Wood
國立臺灣歷史博物館收藏
National Museum of Taiwan History Collection

**神社山巒造型臺灣紅茶
漆器盒**
Lacquer Box Painted with Shrine and
Mountain for Formosa Black Tea

15.2×6.5×20.7 cm
1927-1945 年　1927-1945 A.D.
木　Wood
國立臺灣歷史博物館收藏
National Museum of Taiwan History
Collection

八角籐編漆盤
Octagonal Rattan-woven Lacquer
Tray

34×33.6×8 cm
1895-1945 年　1895-1945 A.D.
木　Wood
國立臺灣歷史博物館收藏
National Museum of Taiwan History
Collection

三層提梁式茶籃
3-layer Tea Basket with Handle

28×28×35 cm
日治時期　Period of Japanese Rule
竹　Bamboo
私人收藏　Private Collection

茶罐
Tea Canister

7×7×17 cm
19 世紀 - 20 世紀初　19th- early 20th century
鐵　Iron
私人收藏　Private Collection

蔓草花樣的茶罐
Tea Caddy with Vine Patterns

7×7×3.5 cm
1925-1945 年　1925-1945 A.D.
木胎漆器　Wooden-body lacquerware
國立臺灣工藝研究發展中心提供
Courtesy of the National Taiwan Craft
Research and Development Institute

木製茶箱
Wooden Tea Chest

64×34×38 cm
1930 年代　1930s
木　Wood
私人收藏　Private Collection

包種茶茶箱
Canister of Pouchong Tea

50×35×55 cm
日治時期　Period of Japanese Rule
鐵　Iron
私人收藏　Private Collection

茶罐
Tea Container

21×21×28 cm
日治時期　Period of Japanese Rule
陶、釉　Clay, glaze
私人收藏　Private Collection

茶箱
Tea Chest

34×45×55 cm
日治時期　Period of Japanese Rule
馬口鐵　Tinplate
私人收藏　Private Collection

茶箱
Tea Chest

23×31×35 cm
日治時期　Period of Japanese Rule
馬口鐵　Tinplate
私人收藏　Private Collection

茶罐
Tea Canister

21×8.5×9.5 cm
20 世紀　20th century
鐵　Iron
私人收藏　Private Collection

茶罐
Tea Canister

9.5×8.5×14 cm
20世紀初　Early 20th century
鐵　Iron
私人收藏　Private Collection

茶罐
Tea Canister

18×18×28 cm
20 世紀初　Early 20th century
馬口鐵　Tinplate
私人收藏　Private Collection

茶罐
Tea Canister

8.5×8.5×9 cm
20 世紀　20th century
鐵　Iron
私人收藏　Private Collection

茶罐
Tea Canister

10×6.5×8 cm
20 世紀　20th century
鐵　Iron
私人收藏　Private Collection

外銷茶茶罐
Tea Canisters for Export Tea

LIPTON'S TEA 14×14×14 cm
B&S TEA 10×16×6 cm
FORMOSA 4×7×3 cm
MAY-PUEEN 10×10×10 cm
CHASE-ORLOFF TEA 10×10×13 cm
FORMOSA-BLACK TEA 9×9×10 cm
SUPERIY CHOICE 10×10×17 cm
FLAVORY-TEA 10×10×10 cm
明治紅茶─BLACK TEA 8×8×8 cm
小種紅茶─1965 年 10×10×12 cm
台灣茗茶─花杯 9×9×16 cm
台灣茗茶─山水 9×9×16 cm
日治時期─民國 Period of Japanese Rule- Era of R.O.C.
金屬 Metal
私人收藏 Private Collection

FORMOSA
POUCHONG TEA
(SIMPLE)
NET 14 KGS
MADE IN TAIWAN
REPUBLIC OF CHINA
SHIN HONG CHOON
TEA HONG

茶箱（複製品）
Wooden Tea Chests (Replica)

45×40×45 cm
日治時期−民國
Period of Japanese Rule- Era of R.O.C.
木　Wood
私人收藏　Private Collection

大茶鋁桶及嘜頭
Large Aluminum Tea Barrels & Shipping Marks

大茶鋁桶　Large Aluminum Tea Barrel　67×67×89 cm
泰文嘜頭（木箱噴字鐵板）Shipping Mark in Thai (stencil for wooden box)　47×42×0.1 cm
曼谷芳泰棧　Shipping Mark of "FangTai Inn, Bangkok"　24×47.5×2 cm
圓形數字　Shipping Mark of A Circle of Numbers　31.5×31.5×3 cm
日治時期─民國　Period of Japanese Rule- Era of R.O.C.
鋁、鐵　Aluminum, iron
私人收藏　Private Collection

茶盒（斗箱）
Wooden Tea Casket (storage box)

22×18.5×17 cm
日治時期–民國
Period of Japanese Rule- Era of R.O.C.
木　Wood
私人收藏　Private Collection

半斤茶罐
Tea Jars (half catty)

8.5×8.5×9.5 cm
日治時期–民國
Period of Japanese Rule- Era of R.O.C.
鐵　Iron
私人收藏　Private Collection

茶包裝紙
Packaging Paper for Tea Box

梅雀（南港茶）Plum & Sparrow (Nanggang Paper)　35.5×35.5 cm
梅雀 Plum & Sparrow　34.7×34.9 cm
金菊 Golden Chrysanthemum　34.7×34.8 cm
日治時期－民國　Period of Japanese Rule- Era of R.O.C.
紙質　Paper
私人收藏　Private Collection

美人香草檜木盒
"Beauty Herb" Tea Case

35.5×12×9 cm
日治時期－民國
Period of Japanese Rule- Era of R.O.C.
木　Wood
私人收藏　Private Collection

販茶文宣品
Promotional Material for Tea Sales

14×9 cm
日治時期　Period of Japanese Rule
紙質　Paper
私人收藏　Private Collection

販茶文宣品
Promotional Material for Tea Sales

14×9 cm
日治時期　Period of Japanese Rule
紙質　Paper
私人收藏　Private Collection

販茶文宣品
Promotional Material for Tea Sales

14×9 cm
日治時期　Period of Japanese Rule
紙質　Paper
私人收藏　Private Collection

By Toyokuni.　Compliments of Formosa Oolong Tea.

By Toyokuni.　Compliments of Formosa Oolong Tea.

By Toyokuni.　Compliments of Formosa Oolong Tea.

By Toyokuni.　Compliments of Formosa Oolong Tea.

By Toyokuni.　Compliments of Formosa Oolong Tea.

きがは便郵

UNION POSTALE UNIVERSELLE
CARTE POSTALE

Copyright by HAKUBUNKWAN, Tokyo, Japan.

製茶過程照片
Photos of Tea Making Process

104×27 cm
日治時期　Period of Japanese Rule
照片　Photo
私人收藏　Private Collection

烏龍茶包裝紙、喫茶券
Packaging Paper for Formosa
Oolong Tea & Tea Vouche

(L) 47×47 cm (R) 20×24 cm
日治時期
Period of Japanese Rule
紙質 Paper
私人收藏 Private Collection

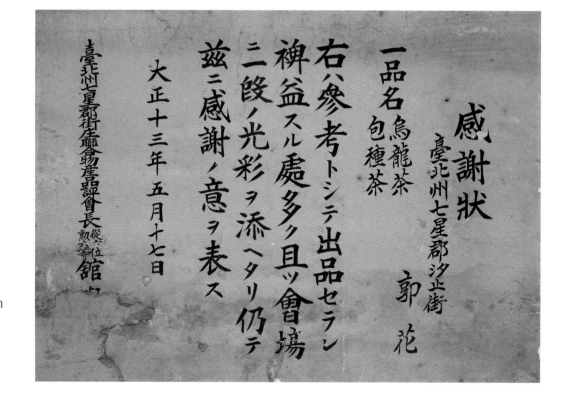

感謝狀
Certificate of Appreciation

78×54 cm
1924 年 1924 A.D.
紙質 Paper
私人收藏 Private Collection

臺灣烏龍茶海報
Poster of Formosa Oolong Tea

51.6×74.9 cm
1926-1945 年　1926-1945 A.D.
紙質　Paper
國立臺灣歷史博物館收藏
National Museum of Taiwan History Collection

外銷茶海報
Poster for Export Tea (aka. Formosa Oolong Tea)

41×55 cm
日治時期　Period of Japanese Rule
紙質　Paper
私人收藏　Private Collection

臺灣茶業株式會社新竹紅茶海報
Poster of Taiwan Tea Corporation for "Shinchiku kōcha
(Hsinchu Black Tea)"

63×88 cm
日治時期　Period of Japanese Rule
紙質　Paper
私人收藏　Private Collection

臺灣烏龍茶和臺灣紅茶海報
Poster of Formosa Oolong Tea and Black Tea

67×85 cm
1938 年　1938 A.D.
紙質　Paper
私人收藏　Private Collection

外銷茶海報
Poster for Export Tea (aka. Formosa Oolong Tea)

79×109 cm
日治時期　Period of Japanese Rule
紙質　Paper
私人收藏　Private Collection

臺灣茶刺繡海報
Embroidery Poster of Formosa Tea

63×88 cm
日治時期　Period of Japanese Rule
織品　Textile
私人收藏　Private Collection

臺灣烏龍茶海報
Poster of Formosa Oolong Tea

51.2×0.3×76.1 cm
1926-1945 年　1926-1945 A.D.
紙質　Paper
國立臺灣歷史博物館收藏
National Museum of Taiwan History Collection

臺灣茶刺繡海報
Embroidery Poster of Formosa Tea

80×109 cm
日治時期　Period of Japanese Rule
織品　Textile
私人收藏　Private Collection

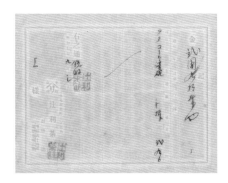

辻利茶舖相關資料：
文宣品及收據
Materials of TSUJIRI:
Promotional Material &
Receipt

40×45 cm
1932 年　1932 A.D.
紙質　Paper
私人收藏　Private Collection

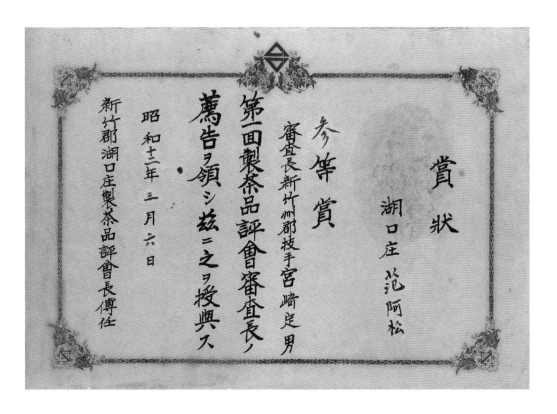

製茶品評會授賞狀
Award Certificate of Tea Tasting
Competition

40×28 cm
1937 年　1937 A.D.
紙質　Paper
私人收藏　Private Collection

臺灣紅茶烏龍茶包種茶廣告
Advertisement for Formosa Black Tea, Oolong Tea, and Paochong Tea

22.5×30.8 cm
1895-1945 年　1895-1945 A.D.
紙質　Paper
國立臺灣歷史博物館收藏
National Museum of Taiwan History Collection

粗製茶再精製照片
Photograph "Crude Tea Refining"

53×43 cm
日治時期　Period of Japanese Rule
照片　Photo
私人收藏　Private Collection

臺灣烏龍茶廣告
Advertisement for Formosa Oolong Tea

26×35 cm
日治時期　Period of Japanese Rule
紙質　Paper
私人收藏　Private Collection

茶廣告牌
Advertising Sign for Tea

50.2×3.4×44.5 cm
1895-1945 年　1895-1945 A.D.
木　Wood
國立臺灣歷史博物館收藏
National Museum of Taiwan History
Collection

茶廣告牌
Advertising Sign for Tea

27.1×3.3×29.9 cm
1895-1945 年　1895-1945 A.D.
木　Wood
國立臺灣歷史博物館收藏
National Museum of Taiwan History
Collection

橢圓形籐編茶水保溫籃
Oval Rattan-woven Tea Warmer Basket

25.4×19×16.8 cm
1945-1965 年　1945-1965 A.D.
木　Wood
國立臺灣歷史博物館收藏
National Museum of Taiwan History Collection

臺灣工夫茶紅泥水平茶壺組
Red Clay Taiwanese Kung Fu Tea Set

水平小茶壺款「東陽出品」
Small Red Clay Horizontal Teapot
(Inscription:"Made by Dongyang")
15×15×5 cm
壺承 Tea Tray　14.5×14.5×5 cm
杯 Tea Cup　D: 5 cm
1948-1980 年　1948-1980 A.D.
陶　Clay
私人收藏　Private Collection

茶灶
Tea Stove

30×28.5×56 cm
年代不詳　Undated
磚　Brick
臺北市政府民政局轄管林安泰古厝民俗文物館收藏
Lin An Tai Historical House and Museum Collection

茶箱
Tea Chest

47×28×36 cm
1945-1975 年　1945-1975 A.D.
馬口鐵　Tinplate
私人收藏　Private Collection

茶箱
Tea Chest

42×32×45 cm
1945-1975 年　1945-1975 A.D.
馬口鐵　Tinplate
私人收藏　Private Collection

茶罐
Tea Canister

14×14×17 cm
1945-1975 年　1945-1975 A.D.
鐵　Iron
私人收藏　Private Collection

茶罐
Tea Canister

11×11×25 cm
1949-1975 年　1949-1975A.D.
鐵　Iron
私人收藏　Private Collection

茶甕
Tea Urn

27×27×30 cm
1960 年代　1960s
陶　Clay
私人收藏　Private Collection

「金煉成」茶罐
"Chinliencheng" Tea Urn

30×30×34 cm
1950 年代後　Post-1950s
陶　Clay
私人收藏　Private Collection

醬釉罐
Brown Glaze Urn

23×23×29 cm
1950 年代後　Post-1950s
陶　Clay
私人收藏　Private Collection

醬釉罐
Brown Glaze Urn

21×21×27 cm
1950 年代後　Post-1950s
陶　Clay
私人收藏　Private Collection

「林振興」茶罐
"Linzhengxin" Tea Urn

28×28×34 cm
1950 年代後　Post-1950s
陶　Clay
私人收藏　Private Collection

焙籠
Roasting Basket

65×65×55 cm
1950-1960 年代　1950s-1960s
竹　Bamboo
私人收藏　Private Collection

茶箱
Tea Chests

小（S）46×37×31 cm
大（L）46×36×61 cm
1950-1960 年代　1950s-1960s
木　Wood
私人收藏　Private Collection

嘜頭
Shipping Marks

東京（Tokyo）33.5×12 cm
橫濱（Yokohama）33×12 cm
1950-1960 年代　1950s-1960s
鐵、鋅版　Iron, zinc plate
私人收藏　Private Collection

嘜頭
Shipping Mark

37×12 cm
1950-1960 年代　1950s-1960s
鐵、鋅版　Iron, zinc plate
私人收藏　Private Collection

販售標籤嘜頭
Shipping Mark Stencil

54×38 cm
1950-1960 年代　1950s-1960s
鐵、鋅版　Iron, zinc plate
私人收藏　Private Collection

烏龍茶販售標籤嘜頭
Shipping Mark Stencil for Uron Tea

33.5×12 cm
1950-1960 年代　1950s-1960s
鐵、鋅版　Iron, zinc plate
私人收藏　Private Collection

茶包裝紙
Packaging Paper for Tea

36×34×6.5 cm
1950-1960 年代　1950s-1960s
紙質　Paper
私人收藏　Private Collection

茶籌
Tea Token

5.5×3.5 cm
1950-1960 年代　1950s-1960s
鐵　Iron
私人收藏　Private Collection

茶篩
Tea Sifter

58×58×2.7 cm
1960-1970 年代　1960s-1970s
鐵、竹　Iron, bamboo
私人收藏　Private Collection

茶葉內銷海報
Poster for the Domestic Tea Sales

64×88 cm
1972 年　1972 A.D.
紙質　Paper
私人收藏　Private Collection

民國內銷時期（1975~）

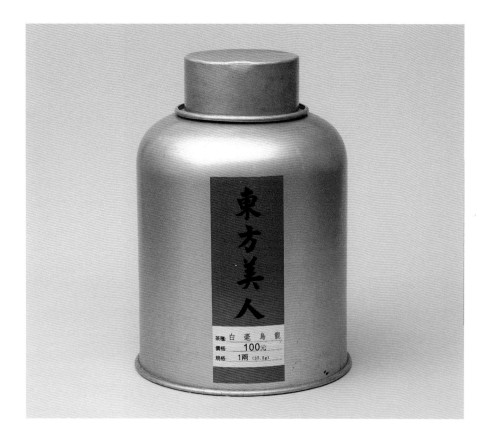

茶罐
Tea Canister

30.5×30.5×44 cm
1980-1990 年代　1980s-1990s
鋁合金　Aluminum alloy
私人收藏　Private Collection

茶罐
Tea Canister

28×28×40 cm
1980-1990 年代　1980s-1990s
不鏽鋼　Stainless steel
私人收藏　Private Collection

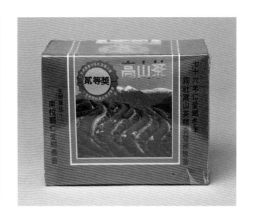

比賽茶包裝
Packaging of Competition Tea

73 年南投縣松柏長青－烏龍茶　13×13×19 cm
76 年玉山區烏龍茶　10×16×22 cm
76 年南投縣霧社高山茶　11×19×15 cm
76 年南投縣凍頂烏龍　12×22×19 cm
78 年南投縣凍頂烏龍　12×22×19 cm
78 年嘉義縣高山茶　11×22×19 cm
93 年台北市鐵觀音　11×11×19 cm
93 年台北縣文山包種茶　13×13×25 cm
94 年全國台灣第一好茶　12×30×23 cm
104 年新北市美人茶　12×22×24 cm
1984-2015 年　1984-2015 A.D.
紙質　Paper
私人收藏　Private Collection

臺灣當代陶藝茶具之美

臺灣當代陶藝茶具之美

■ 游博文（臺灣陶藝學會榮譽理事長）

　　臺灣當代陶藝茶具的出現，可以說是臺灣現代茶藝與臺灣現代陶藝的交響。茶具（尤其是茶壺）在中國陶瓷藝術裡是一項非常特有且獨立的藝術，那種精密的陶瓷製作方式，如果陶者沒有深厚功夫，是無法隨意創作出來的，所以茶具的開發與製作，對任何一個有心的陶者來說，都是一項嚴格的考驗。

一、臺灣現代茶具進程

　　臺灣茶具的發展軌跡是直接受到中國茶文化發展的影響。中國歷代茶文化的差異性主導了中國歷代茶具的型制演變，在歷史的長河中，中國茶具不斷地創新發展，其藝術性的增強，也提昇了其審美價值。人們在品茶的過程中，同時欣賞著各式茶具，也使茶藝自然衍生成為一種溫馨愉悅的審美過程。

　　日治時期，日本極力的規劃與改良臺灣的茶種與製茶技術，影響臺灣的茶業發展甚鉅；另外，日本也引進了陶瓷產業，直接衝擊了臺灣近代陶瓷的文化與發展。光復後，社會結構與生活型態的改變，反應在飲茶方式及茶具的使用上，尤其在現代資訊的快速傳播下，歐美的品飲文化，也深深地影響臺灣當代年輕人的生活品味。

　　因此，臺灣的茶文化在深受中華、日本及西方各種不同茶文化的多元滲透後，更融合了各種不同的喫茶方式，促使臺灣茶具的功能與型制不斷的演化，烙印出鮮明的時代性軌跡，以及強烈的本土性風格。（參考【圖1】上半部分）

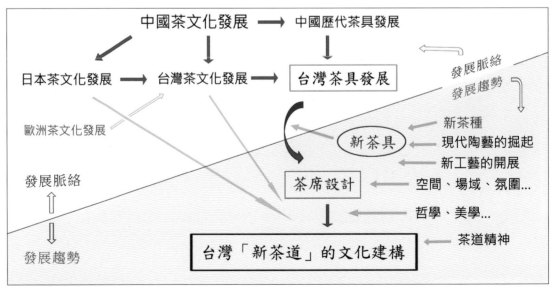

圖1　臺灣茶具發展脈絡與趨勢

二、臺灣現代茶具發展

臺灣現代茶具第一次躍上舞台，要從 1983 年由臺北市立美術館舉辦的"現代茶具創作展"算起，當次比賽入圍的作品，已開始從傳統中注入現代陶藝的元素，呈現出個性化的傾向。

1995 年由臺灣省政府教育廳舉辦了一系列與陶藝和壺藝相關的全省巡迴展，其參展作者之多、展覽地點之廣，以及經由社會大眾所引起的熱烈共鳴與迴響，對臺灣現代茶具的推廣與發展，具有相當大的影響力。

2002 年、2004 年臺北縣立鶯歌陶瓷博物館舉辦了第一、二屆"臺灣陶瓷金質獎生活茶具競賽展"，其最大的企圖，就是要刺激國內製陶業界、陶藝家以及個人陶藝工作室能發揮其創意及技術，來建立臺灣茶具的特色；其將競賽分成「創作組」與「產業組」，則是要鼓勵「臺灣茶具產業」的成長，並尋求創作與產業的結合，以建立推廣的模式，來「拓展臺灣茶具的流行體系」。本次比賽作品在風格性的表現上皆強烈的展現出個性化特質；在功能性方面也具有社會性的情境；在茶具的開闊性上，則兼容並蓄的"尊重與包容"了傳統與創新，並未造成"衝突與對立"的困擾，這種精髓讓「臺灣茶具」的走向更加寬廣。

流行體系的拓展需要多元的支持和參與，才有辦法掀起龐大的風潮，進而帶動流行。2008 年至 2020 年，由臺灣陶藝聯盟舉辦了八屆的"臺灣國際金壺獎陶藝設計競賽展"，其運作模式上由收藏家提供獎金，並結合了：公部門、各陶藝組織、陶藝家、雜誌、藝廊等資源，將文化創意、文化主導、文化中介，到文化消費，成功連結成文化產業鏈。今年 10 月將辦理第九屆臺灣國際金壺獎，除了繼續推動國際交流外，預計會帶動起臺灣茶具的收藏與使用風潮。

三、臺灣當代陶藝茶具之美

審美具有多樣化視角，其中文化本質是較適合用來探討臺灣茶具之美，因為茶具有生活性、功能性與創造性等特質，涵蓋了文化訊息表達上的物質與非物質："物質"是指具體的人工製品；"非物質"則指思想、觀念、行為模式、價值和各種抽象事物。本文直接以適合陶藝製作之六項要素：（1）原料材質；（2）造型結構；（3）製作技法；（4）釉彩裝飾；（5）觀念意象（6）功用機能，來呈現臺灣茶具的文化特質，以做為欣賞美感之依據，如【圖 2】。

（一）開發原料材質

材質的象徵性，常依其材料種類的不同，而賦予製

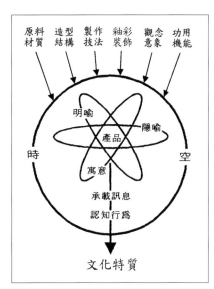

圖 2　臺灣茶具之文化特質（改編自：何明泉、蔡子瑋，1994）

圖3 陳明輝‧佳洛水系列

圖4 鄧丁壽‧臺灣岩礦茶器組

圖5 章格銘‧青瓷茶具組　圖6 陳陽旗‧竹韻清香

圖7 李幸龍‧饕餮茶具組

品特殊的意義，尤其是源於不同文化背景、不同地域所生產的材料。

　　臺灣的陶瓷在產業技術與知識已趨於成熟的環境下，探討與追求材料的美學，已成為臺灣現代實用陶瓷所重視的議題。民藝想法中所提出的「自然之美」，即是藉由呈現材料的自然特質來表現其所隱藏的美學（方柏欽，2010）。陳明輝‧佳洛水系列【圖3】以臺灣苗栗土作為媒材以呈現自然的樸質，在使用機能及人文精神上的表現優異，在型制及表面處理的質感上則承襲了宜興風格的工藝美學。

　　"就材料而言，重點在於是否找到適合的土，發揮到造型、釉色上，製作出具有本土特色的作品，如同日本志野燒的長石，製作志野燒特有的釉色，所以非常強調當地泥土來源，倘若臺灣具有將本土特色發展而出的土質，是值得去找尋的"（劉鎮洲，2003）。鄧丁壽‧臺灣岩礦茶器組【圖4】強調以臺灣的岩礦砂為原料，來表達土質的樸實風貌。在整體質感的呈現上，深厚堅沉中略帶粗獷的美感。此種對臺灣土質的渾厚情感，若能有更深入的學理依據作支撐，當能營構出更明確的臺灣人文精神。

　　另外，茶具結合不同材質的表現，是最近十多年來的新興項目。多元媒材的適切結合，得以產生新的風格變化，在實用性、趣味性及質感上，都會有增益的功能。章格銘‧青瓷茶具組【圖5】以釉色的亮麗溫潤對比胎土的樸拙粗獷後，又獨具巧思的結合木、石、金屬，將傳統與現代譜成優美的樂章。陳陽旗‧竹韻清香【圖6】巧妙的將竹材精確的嵌入拉胚預留的溝槽，達到隔熱保溫和美觀外型之目的。獨創新穎的設計，內斂深厚的工藝手法，傳達著現代茶具試圖掙脫傳統窠臼，意欲開創臺灣茶具的新局。

　　李幸龍‧饕餮茶具組【圖7】將天然樹漆融入陶藝創作中，並運用化粧土彩繪與髹漆變塗之質感，呈現陶的古樸穩重，與漆的細緻多層次質感，精彩的對比，令人印象深刻；豐富的圖騰及色彩元素，使其風格呈現東方特質。顏東波‧新衣【圖8】以手拉坯陶瓷結合脫蠟琉璃，兼具實用與審美性，是一種新的嘗試。自然多變的結晶釉色，配上晶瑩剔透的琉璃耳，整體搭配搶眼，散發著誘人光彩。

（二）強調造型結構

　　造型的象徵性，常代表了時代性及地域性的人類審美意識，且被賦予新的意涵。結構的象徵性，在陶藝上強調其造型之平衡美感，是屬於東方式的直覺感性，與西方文化講究黃金比例與對稱的理性訴求相較，有明顯的文化差異。另外，活潑的民族性也較喜採用曲形的不規則結構來表現富動感的生命力；至於態度較為保守的民族，呈現的則是嚴謹的結構原則。因此，造型結構可說是賞析陶藝語言的文法規則。

　　范仲德‧疾風知勁草【圖9】將中國傳統的文字字形之美與生活實用的品茗陶壺相結合，極富哲理的東方勵志思想，是品茗之餘，另一玩味之處。方文通‧心經茶組【圖10】幾乎等同於文化或宗教的賦與，運用《般若波羅蜜多心經》內容刻畫在茶壺與茶杯上，體現自在無礙的禪悅境界。程逸仁‧鋼鐵茶具組【圖11】從抽水機的靈感觸發，到化成整套具有造型美感，又兼顧實用機能的茶器，考驗著作者的功力。陶板拼接的技巧純熟，使用功能性良好，錳飽和結晶釉與造形

圖8　顏東波‧新衣

圖9　范仲德‧疾風知勁草

圖10　方文通‧心經茶組

圖11　程逸仁‧鋼鐵茶具組

的搭配，適切的彰顯出鐵器的特色。吳偉丞‧來自遠古【圖12】由燻燒的效果、切削的造形，呈現出原始的氛圍；構圖及形態中具有自發、偶然，和即興的痕跡，散發著直覺的美感。

　　林智斌‧秋荷【圖13】乍看之下是殘荷秋枯的景色，定睛細品，原來是一組饒富新意的實用茶席；整組作品以手捏完成不同姿態的「殘荷」、「蓮藕」等，每個獨立的物件各有其實用功能；未上釉的陶土直接進行本燒，使作品更顯樸拙，讓寫實擺設如同一幅畫；莖幹造型的壺嘴巧妙的依附在壺身上，跳脫約定俗成的茶具概念，是一組兼具美觀品賞與功能特性的作品，令人沈醉在殘荷湖光的美景之中。陳啟南‧流光水影並茶香【圖14】以"土板摔裂鏤刻"的手法，製成12面茶盤及6面炭爐，兼具泡茶、流水、燈光及小魚池等功能。整體設計精準，結構緊實，造型宏偉，氣勢磅礴，幾近於建築設計的嚴謹與週密。整件作品之表現令人贊歎。T. Creswell說：「『地方』，是一種重新認識世界的方法」，反省自我的生活現實是「在地性」所訴求的。卓銘順‧紅牆金窗【圖15】將茶壺、茶杯、茶盤等各自具有不同功能及造形的配件，加以排列組合，不僅方便收藏，同時將這些具有獨立美感的配件，建構成一件整體性，且具有生命力的"茶山"；另在整體磚紅色背景中，融入金色花窗的檯燈功能，充分展現了茶具的造型結構與裝飾美感。

（三）著重製作技法

　　陶器的製作通常要經過成形、裝飾和燒成等過程，每個過程都會因作者的考量及偏好，產生各種不同的製作技法，最終則是端看作品是否呈現出獨特風格。而往往整體風格的產生，取決於製作過程中的某一項關鍵技術。臺灣陶藝的本土語彙，常因這些「核心」技術的融入，而更形豐富。

　　翁國珍‧發壺茶具組【圖16】製作方式特殊，必須具備純熟之拉坯技法，並控制坯體成型過程的乾濕度，使作品刻意巧妙的成就粗獷的外型，但又不失其實用功能，將土的特性與質感作最極端的表現；整體味道既古樸又新潮。吳建福‧織紋茶具組【圖17】看似簡約設計的作品，卻蘊

圖12　吳偉丞‧來自遠古

圖13　林智斌‧秋荷

圖14　陳啓南　‧　流光水影並茶香

圖15　卓銘順‧紅牆金窗

圖16　翁國珍‧發壺茶具組

圖17　吳建福‧織紋茶具組

圖 18　李明松‧線刻旋紋茶組

圖 19　沈東寧‧青瓷釉竹紋壺組

圖 20　鄭光遠‧蓋盒式茶具組

圖 21　林振龍‧陶跡瓷韻

圖 22　邱煥堂‧茶具組

圖 23　曉芳窯‧粉彩花蝶紋蛋形壺組

含著特殊的製作技法。帶有紋理的條線，必須在成形前刮出，再以純手工技法切割陶板成型，所以壺身、壺口與壺蓋呈不等邊六角形；流暢的斜率，在空間中自由伸張，釋放出形式的束縛，卻細密週全，巧妙地將傳統技法融入開闊性的成型技術中。樸拙內斂的質感，精緻實用的功能，以及成熟穩健的風格表現，完全符合茶藝文化要求的素養，在傳統與現代之間搭起了一座溝通的橋樑，也拉近了作品與欣賞者之間的距離。李明松‧線刻旋紋茶組【圖 18】在坏體表面上刮線再加工，以呈現胎土的立體質感；並採局部上釉，使土與釉的色差更形強烈對比，將材質的形與意延伸到更寬廣的領域。

（四）展現釉彩裝飾

色彩所擁有的象徵意義，在不同的文化會有相對不同的看法。在陶藝的範疇中，色彩除了釉色外，還包含了各式各樣的化妝方式，如：刻劃彩繪、燒成質感等。

釉色具有恆古的魅力，土、火與釉的密切結合，是表達釉色之美的不二法門。如何出眾，唯有深耕。尤其鐵釉之發色範圍寬廣，由淺色青瓷至重色天目，中間夾雜著變化多端的精彩映像。沈東寧‧青瓷釉竹紋壺組【圖 19】既承襲了鐵釉之青瓷色系一貫的內斂風格，作品蘊含隱約之美意境深邃，充滿人文氣息。鄭光遠‧蓋盒式茶具組【圖 20】看似傳統青瓷卻覆以現代感的彩釉技法，寫意淡妝中帶著濃濃的民藝氣息，歷練出風情意趣的現代陶藝壺。林振龍‧陶跡瓷韻【圖 21】以撕裂接合的手法，產生如岩石般嶙峋粗獷的自然紋理，搭配青瓷深邃溫潤的色澤，及鈷藍青花之筆趣墨韻，呈現出肌理質感的對比，這種透過陶瓷材質反映到對自然大地的關懷，創造出更多茶具表現的可能性。邱煥堂‧茶具組【圖 22】風格穩潔，形式古典，鐵釉茶葉末溫潤圓融中覆以青翠之蘋果綠，變化渾厚的精彩映像，讓人賞心悅目。

曉芳窯‧粉彩花蝶紋蛋形壺組【圖 23】白地瓷胎畫琺瑯，呈現出粉白漸層的粉彩效果；器身上以細膩的工筆畫描繪出花草、蝴蝶等紋飾，暈染的漸層效果使整體色彩活潑豐富；作者擅長在窯火裡重新浮現出仿古造型與釉彩，將茶具之美發揮得淋漓盡致，意在流傳千年。林碧燕‧話畫一

圖24　林碧燕‧話畫－江山雪

圖25　林宗誼‧溢

圖26　呂嘉靖‧鈞釉寶鼎獅茶具組

圖27　康嘉良‧墨金茶具組

圖28　伍坤山‧點陶－牽手一世情

圖29　劉美英‧悠遊

江山雪【圖24】製作方式是以土片成形，結合手塑刻劃。作品佈局寬邁瀟灑，釉色施展縱手恣意，設計新穎又具東方氣息，將詩意構想與茶藝器物融合運用，顯現其足夠的陶藝創作能力。林宗誼‧溢【圖25】黑白色釉彩上的與線條律動相當流暢與優雅，溢流的意象與黑白的明快，透露著簡練的裝飾中富含變化的現代感。

　　呂嘉靖‧鈞釉寶鼎獅茶具組【圖26】運用鈞釉活潑善變的特性，讓整套茶具展現出「復古華麗貴族風」，作者將其稱之為「鈞彩臺灣風」。壺頂的祥獅帶有濃厚的民俗風，壺身造型上，則為了安定鈞釉溫域中變化莫測的特性，加入「乳釘、筋紋、支釘」的傳統元素，來強調高溫時釉彩流動的微妙變化，營造出彩霞映象與神秘氛圍，色相表現採鮮明亮麗的補色與高反差。康嘉良‧墨金茶具組【圖27】是走後現代風格思路與造型，將錳銅結晶金屬釉以還原燒成，使陶土呈現出鐵器質感，懷舊氛圍中展現低調奢華的氣質，令人觀之沉靜，散發著內斂的老靈魂器韻。伍坤山‧點陶－牽手一世情【圖28】以手捏成型，結合化妝土和釉藥，將綿密的點陶技法堆疊在坯體上，呈現出刺繡般豐富多采的質感。作品極富傳統喜氣，意喻海誓山盟、一世情緣。劉美英‧悠遊【圖29】展現出純熟的化妝技法，雙掛釉的重疊彩繪，在迷濛中點綴出湖中深沉綿密的生機。魚兒的造型妙趣，讓人放鬆的想悠閒一下。

　　柴燒在近幾年崛起，投入的作者眾多，只要能煉製到土與火的燒成質感，都會義無反顧的投入，力求表現。方柏欽‧現代茶組【圖30】穩健成熟的柴燒色澤，間奏著豐富的落灰與火紋，深藏著不可預期的燒成語彙；古老的灰釉變化，卻搭檔著現代感十足的茶盤，傳達著人為物與自然物並存的創作語彙；風格交錯的層次效果，深深地牽動著觀者的思緒。

（五）傳達觀念意象

　　觀念意象是以民族性的精神表現、本土文化的風格特徵，來塑造地域性產品的意象語言，藉以充分傳達其心理感受。

　　意象作品的造形，往往傳達了人們對於內在的心靈直覺，其涵構意義較屬於文化層面。以符號學的觀點切入，對本地域的人或其他地域的人來說，該意象象徵著此處地域的一切文化涵構因素，如：地理氣候、民族性格等。

蘇為忠‧921之思【圖31】是一件以本土性的人文關懷為訴求的觀念作品。茶盤以臺灣的地形、地質、地貌特徵做為表現的形式；茶壺、茶海之開口以921的字型呈現當時遭受地震的三階段表情；茶杯則在臺灣的造型上加入船型，以比喻同心協力。許明香‧祥獅茶具組【圖32】用寫實卻帶著自省的表現手法，將古厝的建築元素帶入創作題材中。風化斑駁的茶壺及茶盤，隱含了古物的荒漠；茶具配件的鐵鏽質感搭傳統紋飾，以及祥獅的討喜造型，化解了沉重的心理包袱，反倒可在生活品味中，喚醒大眾對文化資產保護的重視。

曾明男‧咱是不可分的共同體【圖33】是一件"非實用"的茶具組，但與現代藝術裡的"反實用"概念不同；此作品標榜將茶壺、茶杯及茶盤這些最佳搭檔結合成一件作品，顯示出共榮共享的造型與概念；作者希望在氣勢上、形式上反應出臺灣當代藝術的新茶具。游正民‧一妻多夫壺【圖34】這件看起來不像是整組茶具的作品，之所以放在這裡討論，是因為過去大家都把"壺"的代表地位比喻成男性，而"茶杯"比喻成女性，一個壺很多杯子則隱喻為一夫多妻；但現在的女性已不再是附屬品。故，這是一件以新女性觀點為出發的省思又趣味的作品；此隻臺灣岩礦壺具有可旋轉的壺把，以及多嘴壺的有趣表現，顯示臺灣在"喝茶"與"製壺"方面，都呈現出與以往大不相同的時代觀點。

（六）凸顯功用機能

功用機能代表了生活形態的象徵性，呈現了人、物，與環境間的變化關係，人類的生活形態會影響產品的需求性及使用性。臺灣茶具最明顯的對應就是在功能性的創新中，開闢了廣大的天地，並成為臺灣現代茶具的一大特色。

圖31　蘇為忠‧921之思

圖32　許明香‧祥獅茶具組

圖30　方柏欽‧現代茶組

圖33　曾明男‧咱是不可分的共同體

圖34　游正民‧一妻多夫壺

圖 35　陳景亮‧亮式茶席

圖 36　陳景亮‧玄機壺

圖 37　陳景亮‧義氣壺

圖 38　陳景亮‧茶熘

圖 39　振傳陶藝社‧田園五福一春蛙

圖 40　王舒毅‧絕配

　　陳景亮在壺藝設計上開創了很多的功能性創新，亮式茶席【圖 35】整體茶具充滿了人與器互動時的實用性與趣味性。其中的玄機壺【圖 36】與義氣壺【圖 37】之設計特點是改變氣孔的位置，使茶壺倒水更順暢；茶熘【圖 38】則是將茶葉置於茶餾內，底部利用簡便酒精燈受火烤炙，達到去除雜味的目的，為沖泡前的一種處理方式，用來去除茶葉的潮變，或改變茶味風格，甚至加重焙火味。振傳陶藝社‧田園五福一春蛙【圖 39】將茶壺出水位置設計成下水流倒注之形式，以頂端之氣孔控制壺底注水及濾渣功能。壺形似葫蘆狀並飾以樹蛙來傳達本土田園之樂趣。葫與福同音，當兩隻蛙面對面時即可注出茶水，待茶湯流盡錯開兩蛙，將可產生近約五分鐘之蛙鳴。此種下水流的設計，在臺灣還有古逸壺、玄中壺、巧中壺等系列，享譽壺界，並開創了茶具時尚潮流之風。王舒毅‧絕配【圖 40】想擺脫茶壺只能在家使用的生活上習慣，迎合現今流行騎單車三五好友在郊外也能泡壺好茶的時尚，而設計出這一款能方便外出攜帶的茶具壺組，不但能豐富人生，提昇生活品質，也能讓大家重新檢視陶藝與茶藝的範疇。陳盛泰‧菱曲茶具組【圖 41】設計元素來自於點、線、面組成的幾何美學，與直角曲線的視覺結合體，具有濃厚的工業設計思維：茶杯與壺身的斜度皆為 75 度，杯與壺皆可堆疊 4 個方向，讓使用者自行依照個人喜好擺設。壺蓋有強力磁鐵設計，不需擔心掉落，即使裝滿水整個茶壺顛倒過來，壺蓋亦不會掉落。欲取下壺蓋，只需將壺蓋平行旋轉 45 度，垂直拿起即可；在飲茶的同時，可欣賞茶壺特有的曲線，兼具美感、實用、收納、變化的功能。勤貿實業有限公司‧二式燒水茶組【圖 42】是臺灣品茗人士在現代茶藝風潮延燒下，促使茶具越趨講究，而出現壺與爐的量產組合；此產品不但能達到深入居家日用，成為臺灣茶文化興起的好幫手，也奠定了該企業品牌「以器引茶」的優良形象。

圖41　陳盛泰‧菱曲 茶具組　　　　　圖42　勤貿實業有限公司‧二式燒水茶組　圖43　金工類：黃天來‧日正當中

圖44　竹雕類：翁明川‧拾穗　　圖45　木雕漆器：何健生‧茶盤組

四、結語

　　在茶具的進化史上，從來都是因為新茶種或製茶方式的改變，從而衍生出各種不同的喫茶方式，"新茶具"也應運而生。所以，在茶文化的發展歷程中，茶具是茶文化不可分割的重要部分，而"茶道是茶文化的靈魂"，這也將是臺灣茶具發展上的終極目標 -- 建構「新茶道」。臺灣茶具的未來發展走向與趨勢，即是順應此一明確的願景而邁進。（參考【圖1】下半部分）

　　臺灣的茶業發展上，有許多製茶方式的改變或"新茶種"的產生（如：俗稱椪風茶的東方美人茶、客家普洱的酸柑茶等），也因此"新茶具"的研發，將會使臺灣茶具有強烈的"時代性"及"本土性"文化意涵，甚而深耕出"在地性"文化識別。

　　綜觀臺灣現代陶藝茶具之風格表現，既豐富又多元，而在其他項工藝方面的表現，則明顯缺乏。如果我們以"茶席設計"來做為建構臺灣"新茶道"的檢視點，則金工類：黃天來‧日正當中【圖43】；竹雕類：翁明川‧拾穗【圖44】；木雕漆器：何健生‧茶盤組【圖45】等，皆是"新茶具"整體發展面向中值得參考，且有待全面開發的項目。此概念將直接有助於豐富"新茶藝"文化的形式與內容，使茶具不再只是以達到泡茶的功能為主要的目的，而是兼具展現使用者對於生活的感性美學與生活品味。

　　臺灣經歷多元文化的衝擊與融合，激盪出精彩活潑的生命力，尤其是陶藝在茶具上的傳統中創新，發展出具有強烈的文化識別性，再透過"分散式、多樣性、小型化"的文創產業特性，更堅實了臺灣陶藝茶具的發展體系。

義氣壺、茶爐　陳景亮
Righteousness Kettle & Tea Brazier
Ah Leon (Chen Ching-liang)

壺　Kettle　23×18×19 cm
1987 年　1987 A.D.
茶爐　Tea Brazier　17×17×19 cm
1988 年　1988 A.D.
陶　Clay
私人收藏　Private Collection

茶熘　陳景亮
Tea Roaster
Ah Leon (Chen Ching-liang)

26×9×9 cm
1988 年　1988 A.D.
陶　Clay
私人收藏　Private Collection

茶具組　邱煥堂
Tea Set
Chiu Huan-Tang

壺 Tea Pot　20×13×13.5 cm
杯 Cup　7.5×7.5×7 cm
1970 年代　1970s
陶　Clay
新北市立鶯歌陶瓷博物館典藏品
New Taipei City Yingge Ceramics Museum Collection

亮式茶席　陳景亮
Tea Set of Leon's Style
Ah Leon (Chen Ching-liang)

57×29×6 cm
1990 年代　1990s
陶　Clay
新北市立鶯歌陶瓷博物館典藏品
New Taipei City Yingge Ceramics Museum Collection

蓋盒式茶具組　鄭光遠
Tea Set with Lidded Box
Zheng Guang-Yuan

45×30×30 cm
1991 年　1991 A.D.
陶　Ceramic
新北市立鶯歌陶瓷博物館典藏品
New Taipei City Yingge Ceramics Museum Collection

心經茶組　方文通
Heart Sutra Tea Set
Fang　Wen-Tong

26×17×9 cm
1995 年　1995 A.D
陶　Ceramic
新北市立鶯歌陶瓷博物館典藏品
New Taipei City Yingge Ceramics Museum Collection

粉彩花蝶紋蛋形壺組　曉芳窯
Tea Set of Egg-shaped Famille Rose Ewer with
Flower and Butterfly Patterns

Hsiao Fang Pottery Arts

壺 Tea Pot　19×10.5×14 cm
杯 Cup　7.5×4.8 cm
杯托 Saucer　9.3×2.3 cm
1995 年　1995 A.D
陶瓷　Porcelain
國立臺灣工藝研究發展中心提供
Courtesy of the National Taiwan Craft Research and
Development Institute

日正當中提樑壺組　黃天來
Midday Sun Loop-handled Tea Set
Huang Tien-Lai

23×21×40 cm
1997 年　1997 A.D.
不鏽鋼、青銅、生鐵、石榴石
Stainless steel, bronze, pig iron, garnet
國立臺灣工藝研究發展中心提供
Courtesy of the National Taiwan Craft
Research and Development Institute

二式燒水茶組
勤貿實業有限公司
Two-piece Water Boiler Set for Tea
AURLIA CORPORATION

11.5×8×13.5 cm
1997 年　1997 A.D.
陶土、金屬釉、鋁合金、紅銅
Clay, metallic glaze, aluminum alloy,
red copper
國立臺灣工藝研究發展中心提供
Courtesy of the National Taiwan Craft
Research and Development Institute

饕餮茶具組　李幸龍
Taotie-patterned Tea Set
Li Shing-Lung

54.2×23×5 cm
2007 年　2007 A.D.
陶、漆　Clay, lacquer
新北市立鶯歌陶瓷博物館典藏品
New Taipei City Yingge Ceramics Museum Collection

青瓷釉竹紋壺組　沈東寧
Bamboo Pattern Celadon Pot Set
Shen Tung-Ning

30×30×3 cm
2012 年　2012 A.D.
陶　Ceramic
新北市立鶯歌陶瓷博物館典藏品
New Taipei City Yingge Ceramics Museum Collection

墨金茶具組　康嘉良
Black Metal Tea Set
Kang Chia-Liang

普洱茶倉　25.2×25.2×31 cm　　一斤茶倉　19.5×19.5×20 cm
酒精爐座　19.5×17×12.5 cm　　則置　10.5×1×1 cm
水盂　14×14×8 cm　　　　　　茶壺　11.5×8×13.5 cm
茶盅　8.5×7.7×8.3 cm　　　　　花器（2 件）　7.5×5.5×15.5 cm
小茶倉　7.5×7.5×8.5 cm　　　　一兩小茶倉　6.3×6.3×5.6 cm
杯托　7.7×7.7×1.5 cm　　　　　喝杯　5.4×5.4×3.4 cm
壺承（2 件）20×20×3.6 cm, 14×14×2.2 cm
附件：茶則、茶針、棉布、底座（放置一兩小茶倉、小茶倉用）、
　　　竹製底座（放置茶杯）、3 塊布（布展用）
　　　15×7×6, 13×8×4, 20×15×9, 30×25×4 cm
2016 年　2016 A.D.
陶土、金屬釉、鋁合金、紅銅
Clay, metallic glaze, aluminum alloy, red copper
國立臺灣工藝研究發展中心提供
Courtesy of the National Taiwan Craft Research and Development Institute

陶瓷、釉、化妝土　Ceramic, glaze, engobe
私人收藏　Private Collection

紅牆金窗　卓銘順
Terracotta Wall with Golden Window Grilles
Cho Ming-Shun

壺座　49×10×28 cm
茶壺　10×10×10 cm
茶盤　27×14×6 cm
杯　5×5×5 cm
2016 年　2016 A.D.
陶瓷、釉、化妝土　Ceramic, glaze, engobe
私人收藏　Private Collection

祥獅茶具組　許明香
Auspicious Lion Tea Set
Hsu Ming-Hsaing

茶壺　16×9×15 cm
茶海　11×8×9 cm
茶盤　56×28×8 cm
茶葉罐　7×7×7 cm
茶碗　14×14×9 cm
杯　6×6×4 cm
杯托　9×9×1 cm
茶則　15×6×2 cm
茶針　長 19 cm
針置　8×4×4 cm
快樂獅　16×14×16 cm
2019 年　2019 A.D.
陶　Clay
私人收藏　Private Collection

秋荷　林智斌
Autumn Lotus
Lin Jhih-Bing

茶盤　89×48×5 cm
蓮蓬（立）　35×5×35 cm
蓮蓬座　10×10×2 cm
大蓮蓬　27×14×8 cm
提樑壺　37×17×12 cm
茶壺　18×12×11 cm
2023 年　2023 A.D.
陶　Clay
私人收藏　Private Collection

當代茶席藝術

臺灣工夫茶的發展與當代創新

■ 王介宏（中華工夫茶協會理事長）

　　從近代烏龍茶的發展觀閩南地區與臺灣的工夫茶事文化，我們可以發現，它們都是因爲從事茶品的營銷外貿，因經濟繁盛而興起的品茶風俗。

　　臺灣早期工夫茶恰恰也是因茶葉轉口與外銷，臺灣遍植茶葉，因茶品風土優異，受國際市場喜好，為精製茶品品質，引進福建茶技工，出口以「FORMOSA OOLONG TEA」品牌行銷歐美，延伸到晚清開放閩人入臺墾植、經商外貿、設茶行……而帶來了原鄉飲茶風俗，形成臺灣閩南族群飲「工夫茶」的風俗。

　　1865 年以來因從福建引進武夷、安溪茶品與半發酵烏龍茶、包種茶製程技術，1885 年，福建安溪茶商王水錦、魏靜時來到臺灣，於今臺北南港大坑一帶購地種茶，並由福建、安溪引進茶樹以及包種茶製法，後來創新出臺灣花香形制的包種茶製法，並結合以安溪鐵觀音布巾揉捻法，創造出獨特風味的臺灣烏龍茶，興起了臺灣烏龍茶近代的風華與凍頂烏龍茶的經典風味及工夫茶藝品飲風潮。

「工夫茶」萌發源起與興盛發展

　　明末茶葉（綠茶、紅茶、後期出現烏龍茶）成為閩南商埠出口的大宗，當時漳州府地區為茶品外貿品質品鑑，因烏龍的香醇馥郁若以大壺久浸易出苦澀，因而權宜以明代張源《茶錄》「小壺」品試方能顯茶之優劣本質，因此產生了小壺瀹飲烏龍茶的方法與習慣。

　　閩南自宋代以來飲茶固有「茗戰之風」，故而漳州地區以宋代「鬥茶法」和《茶錄》小壺泡飲法，通過宜興砂壺的精良特性，擇水、活火、瀹泡鬥試並品評、論質、品賞茶香韻，延續了地區鬥茶之風氣。康熙年間《漳州府志 · 民風》：「靈山寺茶俗貴之。近則移嗜武夷，茶以五月至，至則鬥茶，必以大彬之罐、必以若深之杯，必以大壯之爐…以水爲本，火候佐之…窮鄉僻壤亦多此者，茶之費，歲數千」，漳州地區因此逐漸形成「工夫茶」萌發期的品飲之風。

　　明末清初鄭成功於廈門、臺灣建軍抗清，提倡儉樸，將領與幕僚（以阮夢庵為代表）皆閩籍且深諳工夫茶事，宴會交流以茶設宴以茶代酒，形成一套茶禮：「閩茶、孟臣壺、若深杯、關公巡城、韓信點兵，以三龍護鼎的手式飲茶以禮相敬」。

　　後因抗清失敗，將士與幕僚策士等入武夷山隱居或削髮遁世，武夷山中盛產茶葉，將士們又深諳茶事，故改善採摘時序於穀雨前後，改良其製程（曬青、晾青、搖青、炒青、揀別、焙火），教授工夫茶儀，並以茶參禪、清修、品茶消閑、以茶待客，倍受漳州遺民的青睞。

　　時至清康雍時期，這種武夷茶珍品及小壺小杯泡飲令人沁人心脾之法，此濃醇香韻及軍帳茶禮與遺民之情懷自然的傳回了閩南，更運用於閩南漳州講究茶品精到、器具精良、以水為本泡飲

技法的鬥茶風俗之中，於是武夷精到茶品以小壺瀹泡方式於雍乾嘉時期盛名遠播，商賈、文仕樂於此嗜，使而更為興盛，形成風靡州府的閩人茶事生活風俗，稱為閩南工夫茶俗：「無論家資有無，不可一日無茶，孟臣、若深、關公巡城、韓信點兵，客來奉茶，無茶不飲，無茶失禮，茶到心意到。」

閩人將工夫茶傳統泡法歸納為以下 18 個程式：

1、備器候用、2、傾茶入則、3、鑒賞佳茗、4、清泉初沸、5、孟臣淋灕、6、烏龍入宮、7、懸壺高衝、8、推泡抽眉、9、重洗仙顏、10、若琛出浴、11、遊山玩水、12、關公巡城、13、韓信點兵、14、三龍護鼎、15、鑒賞茶湯、16、喜聞幽香、17、細品佳茗、18、重賞餘韻。

嘉道之後閩地因內地政經、封港避洋、戰事、太平天國之亂……工夫茶雖深植潮嘉，閩籍士民為巡求生計，大批勞動力與商賈文仕海外移墾到臺灣、南洋等地，工夫茶「一源幾脈、存同求異」，因而形成閩南、臺灣、潮州、南洋四個地域的近代茶文化特色。

* 參考文獻：《崇安縣志》、《武夷山山志》、《釋超全・武夷茶歌》、陸廷燦《續茶經》、王復禮《茶說》、《閩瑣記》、林燕騰《漳州茶史話》、王文徑《閩南茶俗・工夫茶之源》。

臺灣工夫茶的起源

清代乾嘉道時期因福建二次海禁、戰亂、稅賦……（有南京條約、天津條約、太平天國等關聯）福建閩南地區月港、廈門的繁榮衰落，居民逃離、商業凋零，茶品外銷與貿易無法延續，逐漸失去競爭力。

與此同時，臺灣港埠開放、茶葉遍植、外貿出口興盛，來臺漳泉茶事技工大量增加。光緒年間清政府開放福建商民入臺限制，因茶事外貿興盛，經濟繁榮，閩南商賈仕紳落戶臺灣，也帶來了包括：武夷岩茶、安溪茶、宜興壺、青花白瓷杯、蓋碗、茶碗、青花茶盤、錫茶罐、潮州泥壺、白泥烘爐、紅泥大茶灶、砂銚、水瓶等閩南飲茶風俗工夫茶器具與品味。

清領以來臺灣茶是因轉口與外貿之故，茶行大興，設立「郊行」共謀茶業之興隆，著名有府城三郊，全臺港郊就有五十餘號，共推祖籍漳州的李勝興為港郊大商。當時臺南、鹿港及主要閩籍住居地也興起設制「茶行」販售自福建進口的武夷茶、安溪茶及小種茶……形成聚落的喝茶風尚，「茗必武夷、壺必孟臣、杯必若深，三者為品茶之要，非此不足以自豪、不足以待客……」以品飲相誇尚，便在族群中興起而成為商賈文仕的生活時尚。所以當時臺人飲茶與中土異，而與漳泉潮同，因臺灣多數是這三州人，故嗜好相似。連雅堂《茗談》記錄了當時臺灣工夫茶的最早樣貌（見附錄 1 連橫《雅堂文集・茗談》，可說是一部當時臺灣工夫茶之經典著作，故我稱其為「臺灣工夫茶茶經」）。

臺灣近代工夫茶的發展：茶與器

近代 1950 至 1990 年代是臺灣當代茶事的再次風華再現

從萌發期—清領時期的閩南茶俗深化了茶事人文品茗生活，形塑出臺灣當代工夫茶的面貌。

工夫茶以茶為本，且以器具精良為要，為當代臺灣烏龍茶品演變與工夫茶茶器流變的關鍵。連橫《茗談》：「然臺尚孟臣，至今一具尚值二、三十金。壺之佳者，供春第一。……臺灣今日所用，有秋圃、蕚圃之壺……。又有潘壺，色赭而潤，系合鐵沙為之，質堅耐熱，其價不遜孟臣。」清人周澍《台陽百詠》註：「臺灣郡人，茗皆自煮，必先以手嗅其香，最重供春小壺。供春者，吳頤山婢名，制宜興茶壺者，或作龔春者。誤。一具用之數十年則值金一笏。」

從清代嘉義諸羅縣丞署舊址遺址、臺南水交社舊城遺址、高雄左營舊城遺址、宜蘭縣淇武蘭遺址等，出土宜興紫砂穿心銚、朱泥逸公壺、青磁壺丞、青花瓷杯、碗等相關閩地工夫茶相關茶器物，民間也尚收藏、保留相當於這時期的閩式古茶器文物收藏（可見此次展覽茶器文獻），更善喜用老壺瀹飲烏龍茶。嘉、道年間臺灣南投也燒製陶製紅泥小茶壺及杯組、小茶罐等，相對提供了這段時期工夫茶文化跟隨閩南移民流傳的歷史紀錄與重要佐證。

日治時期至光復前，因歷史政權變化，從南投「磚胎醬釉窯燒醬釉工夫茶梨型壺」的留存與相關自製茶器、茶罐、茶品，可以看出臺灣工夫茶深植民間的茶風俗及仕紳們依舊保留與演繹着原鄉茶文化。

於 1948 年起「東洋陶器工場」、「東陽出品」、「佐弘工藝社」、「萬佳陶藝社」等陶藝製作壺、杯、承、種仔罐、公道杯等相關老人茶茶器，當時的臺灣壺藝創作雖難免受到工夫茶宜興壺的影響而躊躇難伸，然而臺灣陶人豐沛的資訊取宜興、景德、日本等創新工夫茶器風貌。1970 年代因臺茶的比賽盛況，茶藝館、茶藝班興起，造就臺灣品茶與茶藝多元茶席發展。茶人熱衷將收藏的古器與當代陶藝創新運用在工夫茶事上，所以臺灣工夫茶被譽為茶器最講究的茶區，也發展出獨特的茶席茶事。

工夫茶的本質是烏龍茶的發展歷程與泡飲文化，臺灣近代烏龍茶發展的歷程

《雅堂文集》記載：「臺北產茶，近約百年，以烏龍茶為最美，色濃而味芬，配出海外，歲值數百萬金：而文山堡之茶尤佳。」

1885 年：福建安溪茶商王水錦、魏靜時來到臺灣，在臺北州七星郡購地由福建安溪引進茶樹種茶及包種茶製法，發明了花香包種茶，為臺灣烏龍茶奠定重要的茶品風味。

1930 年：木柵茶業公司引進福建安溪布巾揉茶法，舉辦球形包種製造講習會。為當時臺灣包種式烏龍茶在製造技術上一項重大的成果。

1940 年代：真正讓臺灣半球形包種茶落實發展，應是大稻埕福記茶行王泰友與王德二位先生所傳授，兩位先生於 1939 年在南投名間鄉以安溪鐵觀音茶之布巾包揉法，結合花香素包種製法，傳授布球茶之製造技術。1941 年到凍頂講習、1950 年名間鄉開始生產布球包種茶、1946 年到臺北木柵。

1950 年代：臺灣光復，茶葉改良場訂定烏龍茶、包種茶的採製發酵標準化。

1970 年代：民國 61 年木柵鐵觀音、民國 65 年鹿谷鄉農會舉辦第一屆優良茶競賽，當時規定茶葉的外觀形狀必須是半球形。

1980 年代：民國 74 年鹿谷農會舉辦的凍頂烏龍優良茶競賽，將傳統凍頂烏龍茶著重在焙火、滋味、喉韻、水色帶紅之特色（原是偏向鐵觀音之特色），轉為要求水色金黃鮮豔，清香撲鼻，醇厚甘滑，富活性的清香型，其製作精良之品以凍頂陳阿蹺蝦目茶為代表。自此臺灣烏龍茶往高山發展（如：梅山、阿里山、杉林溪、梨山等）走向花香、清香之茶品風味。這時期臺灣茶多元豐富，有包種茶與高山茶的花香、凍頂烏龍茶的香醇風味、鐵觀音的果香韻味與岩茶、溪茶、單欉形成自有的風味特徵，是當代臺灣多元工夫用茶很重要的茶韻演繹。

臺灣工夫烏龍風味特徵

以臺語形容當時臺灣特色工夫茶，包含：

1、凍頂烏龍茶：叮甘　涼喉　油膏氣

2、吳冠巍鐵觀音之說：蟋蟀皮　焐鼓箬　沉斗（dou）　蔭豉氣

3、張智揚鐵觀音之說：鱔魚骨　田嬰頭　石筶氣

4、吳德亮鐵觀音之說：蟋蟀皮　水雞腿　田嬰頭　粽箬蒂

5、張貿鴻鐵觀音之說：腰鼓箬（有茶梗）　水雞皮（雙霧狀）　番薯氣（弱果酸）　沉斗（dou）（緊鎖、發出落地聲）

6、陳玉婷鐵觀音之說：掂斗　蟋蟀皮　蔭豉氣　焐孤箬

當代臺灣工夫茶的演變

　　日治時代的結束，延續著 6、70 年代臺灣經濟萌發，有志之士在閩南族群裡的飲茶風俗與老人茶─大碗公壺承裡的醬釉梨式壺巡城點兵的茶事基礎，尋找還原地區風俗品茗法，如臺灣潮州工夫泡、紹安工夫泡、安溪品茗法等脈絡，亦追求宜興廠壺之標準壺、香港茶苑的武夷大紅袍、安溪鐵觀音等，藉此發展近代臺灣工夫茶。

　　另一方面，臺灣茶事尋求茶藝時尚研習，茶事以改善老人茶的大雙層茶盤、大碗公、巡城淋灌濕泡法、不銹鋼茶車等民俗泡法，考慮泡茶茶器擺設視覺、重視茶人茶儀，將泡飲凍頂、鐵觀音、高山茶的茶事推向美感演繹，原有的工夫茶在臺灣便形成了多元茶事風貌：

1、視覺審美與茶藝流程 / 茶藝、茶席、茶會。

2、架構地方風俗品茗法的系統流程，保留一絲烏龍茶工夫講究茶湯技法的脈絡。

滌煩工夫論 · 當代臺灣工夫茶

提出一套當代工夫茶事實踐方法模型：在傳統清式「工夫茶」與連橫《茗談》早期臺灣工夫茶事的基礎上，以當代茶品為本，器具精良，結合傳統工夫技法當代性＋修養的美學，演繹茶品的風味，讓烏龍茶的香韻回到無所不在的講究，作為與結合當代茶席、茶事之美的來源，再現臺灣烏龍茶品的精到─「香醇濃韻美」。

臺灣是一多元文化的社會，當代「工夫茶」一源幾脈存同求異的現況，我們以臺灣烏龍茶香韻為本，而更甚的融合武夷、安溪、廣東等四大烏龍茶品的當代茶品風味時尚，以「點茶、畫意、熱香、花事」演繹茶事茶席，創新臺灣工夫茶事。如連橫《茗談》所述：「瓶花欲放，爐篆未消，臥聽瓶笙，悠然幽遠。自非雅人，誰能領此？」當時仕紳工夫茶閑事之瓶花、篆香、宋人閑事亦為我們仿效，當代茶席、茶會雅集，正隨著司茶人的年輕化視野演繹蛻變中⋯這屬於當代四大工夫茶域之當代臺灣工夫茶。

附錄：

連橫《雅堂文集 · 茗談》

臺人品茶，與中土異，而與漳、泉、潮相同；蓋臺多三州人，故嗜好相似。

茗必武夷，壺必孟臣，杯必若深：三者為品茶之要，非此不足自豪，且不足待客。

武夷之茗，厥種數十，各以岩名。上者每斤一、二十金，中亦五、六金。三州之人嗜之。他處之茶，不可飲也。

新茶清而無骨，舊茶濃而少芬，必新舊合拌，色味得宜，嗅之而香，啜之而甘，雖歷數時，芳留齒煩，方為上品。

茶之芳者，出於自然，薰之以花，便失本色。北京為仕宦薈萃地，飲饌之精，為世所重，而不知品茶。茶之佳者，且點以玫瑰、茉莉，非知味也。

北京飲茶，紅綠俱用，皆不及武夷之美；蓋紅茶過濃，綠茶太清，不足入品。然北人食麥飫羊，非大壺巨盞，不足以消其渴。

江南飲茶，亦用紅綠。龍井之芽，雨前之秀，匪適飲用。即陸羽茶經，亦不合我輩品法。

安溪之茶曰鐵觀音，亦稱上品，然性較寒冷，不可常飲。若合武夷茶泡之，可提其味。

烏龍為北臺名產，味極清芬，色又濃鬱，巨壺大盞，和以白糖，可以袪暑，可以消積，而不可以入品。

孟臣姓惠氏，江蘇宜興人。陽羨名陶錄雖載其名，而在作者三十人之外。然臺尚孟臣，至今一具尚值二、三十金。

壺之佳者，供春第一。周靜瀾臺陽百詠云：寒榕垂陰日初晴，自瀉供春蟹眼生，疑是閉門風雨候，竹梢露重瓦溝鳴。自註：臺灣郡人茗皆自煮，必先以手嗅其香。最重供春小壺。供春者，吳頤山婢名，善製宜興茶壺者也。或作龔春，誤。一具用之數十年，則值金一笏。

陽羨名陶錄曰：供春，學憲吳頤山家童也。頤山讀書金沙寺中，春給使之暇，倣老僧心匠，亦陶土搏坯，指紋隱起可按。今傳世者栗色闇闇，如古金鐵，敦龐周正，允稱神明垂則矣。

又曰：頤山名仕，字克學，正德甲戌進士，以提學副使擢四川參政。供春實家僮。是書如海寧吳騫編。騫字槎客。所載名陶三十三人，以供春為首。

供春之後，以董翰、趙良、袁錫、時鵬為最，世號四家，俱萬曆間人。鵬子大彬號少山，尤為製壺名手，謂之時壺。陳迦陵詩曰：宜興作者稱供春，同時高手時大彬，碧山銀槎濮謙竹，世閒一藝皆通神。

大彬之下有李仲芳、徐友泉、歐正春、邵文金、蔣時英、陳用卿、陳信卿、閔魯生、陳光甫，皆雅流也。然今日臺灣欲求孟臣之製，已不易得，何誇大彬。

臺灣今日所用，有秋圃、蕚圃之壺，製作亦雅，有識無銘。又有潘壺，色赭而潤，係合鐵沙為之，質堅耐熱，其價不遜孟臣。

壺經久用，滌拭日加，自發幽光，入手可鑑。若膩滓爛斑，油光的爍，最為賤相。是猶西子而蒙不潔，寧不大損其美耶？

若深，清初人，居江西某寺，善製瓷器。其色白而潔，質輕而堅，持之不熱，香留甌底，是其所長。然景德白瓷，亦可適用。

杯忌染彩，又厭油膩。染彩則茶色不鮮，油膩則茶味盡失，故必用白瓷。淪時先以熱湯洗之，一淪一洗，絕無纖穢，方得其趣。

品茶之時，既得佳茗，新泉活火，旋淪旋啜，以盡色聲香味之蘊，故壺宜小不宜大，杯宜淺不宜深，茗則新陳合用，茶葉既開，便則滌去，不可過宿。

過宿之壺，中有雜氣，或生黴味，先以沸湯溉之，旋入冷水，隨則瀉出，便復其初。

煮茗之水，山泉最佳，臺灣到處俱有。聞淡水之泉，世界第三。一在德國，一在瑞士，而一在此。余曾與林薇閣、洪逸雅品茗其地。泉出石中，毫無微垢，寒暑均度，禪益養生，較之中冷江水，尤勝之也。

掃葉烹茶，詩中雅趣。若果以此淪茗，啜之欲嘔，蓋煮茗最忌煙，故必用炭。而臺以相思炭為佳，炎而不爆，熱而耐久。如以電火、煤氣煮之，雖較易熟，終失泉味。

東坡詩曰：蟲解眼已過魚眠生，颼颼欲作松風鳴；此真能得煮泉之法。故欲學品茗，先學煮泉。

一杯為品，二杯為飲，三杯止渴。若玉川之七碗風生，直莽夫爾。

余性嗜茶而遠酒，以茶可養神而酒能亂性。飯後唾餘，非此不怡，大有上奏天帝庭，摘去酒星換茶星之概。

瓶花欲放，爐篆未消，臥聽瓶笙，悠然幽遠。自非雅人，誰能領此？

茶人　王介宏　物閑

「工夫茶」是當代小壺泡飲的審美之源，以茶為本及器具精良為要，「若深小盞孟臣壺，更有哥盤仔細鋪。破得工夫來瀹茗，一杯風味勝醍醐」成為飲茶風尚。

臺灣是一多元茶事風貌，以當代茶器選用之適茶性演繹茶湯及陳設，創新茶視覺審美，結合茶藝工夫流程演繹茶席、茶會之美。

當代「工夫茶」以臺灣烏龍茶香韻為本，器具精良，以傳統工夫技法當代性＋人生修養的美學，演繹茶品的風味，以「點茶、畫意、爇香、花事」衍伸演繹，讓烏龍茶的香韻回到無所不在的細膩講究，為茶事之美的來源，再現臺灣烏龍茶品的精到「香醇濃韻美」。

連橫《茗談》臺人飲茶：「瓶花欲放，爐篆未消，臥聽瓶笙，悠然幽遠。自非雅人，誰能領此。」當時仕紳工夫茶閑事「瓶花、篆香…宋人閑事」為我們效法，當代茶席、茶會雅集…正隨著司茶人的年輕化演繹蛻變中…

工夫茶茶桌・提盒式折疊
工夫茶嵌銅膽茶擔
茶擔內含：白泥爐—炭爐、電爐、酒精三用爐具
朱泥孟臣式梨形壺・孤雲世外開款
工夫茶壺承・龍泉粉青釉・滌煩款
白泥高身爐・刻書心經
白泥玉書煨・一紙銚・穿心銚・滌煩款
白泥菊瓣杯
白泥繪銀 板形杯承
茶席節界
白泥　片口
泥金時繪漆器茶入　款赤木明登製
古媒竹茶則
繪漆如意雲紋竹蓋置
茶撥　墨竹九節杖
船行杯托
青花繪花卉・置身杯・康熙時期
竹編炭籠
白天鵝羽扇
銅炭箸
席巾・真絲手染手織
漆木亮格茶棚・清代
正洗・水方・漳州窯哥釉・清代
水注・龍泉青釉・湯提點
工夫茶品・臺灣烏龍茶・滌煩監製
白泥、錫、鐵、銅、竹、楠木、金絲楠木

臺灣當代茶席之文化流變

■ 李謹冶（臺北市茶藝促進會會長）

文化的宏觀

在開始談茶席前，我們先從人文科學（Humanities）的角度來學習文化的概念。

文化是指一個特定群體共同分享的價值觀、信仰、習俗、語言、藝術表現形式以及其他生活方式的總和，這包括了人們在社會互動、生活方式、飲食、宗教信仰、藝術表現、教育等方面的行為和觀念。文化也是一個群體內部共同理解和遵循的行為規範和價值體系，是一個社會的集體記憶和身份認同的體現，它反映了一個社會群體對世界的理解，也包括了一個社會群體所遵循的習俗、儀式和傳統。

全世界的茶文化起源於亞洲，在中華文化數千年的飲茶歷史上，茶葉的飲用方法是經過多次改變演進而來，從最早的笔茶法、痷茶法、煮茶法、點茶法、煎茶法、撮泡法、泡茶法，到臺灣當代興起成為的調茶法，無不是從種植到飲用、沖泡技藝到器具的改良，從而在回到種植管理交互影響的閉環，最後藉由在其「當代」的文化發展，形成禮制儀軌、結合場域主題、搭配時下主流器物，在每個時空生生不息的演變。這樣的過程在茶人追求茶、追求器、追求美的執著下，交織出「當代」的茶文化，流傳後世。

歷史對茶席的追求

自古以來，茶在中國的地位不僅僅是一種飲品，更是一種擁有悠久歷史的文化象徵。從漢代開始，我們可以追溯到客來敬茶的禮節。在那個時代，茶已經被視為一種尊貴的待客之禮，成為人們交往時的重要媒介。到了兩晉南北朝時期，客來敬茶的禮節更加普遍化。不僅僅是在社交場合，茶也開始被用作祭祀的祭品，顯示了人們對茶的尊崇和重視。同時，茶也成為了道教徒、佛教徒修行的輔助工具，以茶養生、以茶助修行成為當時的一種風尚。

唐代，是中國茶文化興盛的時期，也是茶道精神與宗教興起密不可分的時代。在這個時期，儒、道、佛三教將飲茶融入日常生活中，使得飲茶不僅僅是一種物質享受，更成為了一種精神修養的境界。寺廟中的僧侶尤其崇尚飲茶，他們廣植茶樹，並制定了茶事禮法，設置了茶堂，專門負責事茶的人員。在寺院中，茶已成為一種禮儀和儀式，融入了僧侶們的修行生活中。其飲茶的形式也日趨豐富多樣，區分出了宮廷茶道、寺院茶禮和文人茶道等不同場合。從臺北故宮博物院收藏的唐代《宮樂圖》中，我們可以看到宮廷仕女們坐在長案周圍，品茗飲酒，並有樂師彈琴奏樂助興的盛況。這一幅生動的圖畫生動地展示了當時宮廷茶道的風貌；茶藝的發展已經遠遠超出了漢魏六朝時期的草莽雛形，進入了典範期，在陸羽和皎然等人的推動下，活躍於浙江湖州一帶的江南文人們開創了茶文化的新天地。他們著書立說，推廣茶事，評名茶，鑒水品茶，開創了茶會、

茶宴等形式，並且草創了茶道。這些文人不僅在文學上對茶進行了詳細的探討，更將茶藝與生活、藝術融合在一起。

　　茶馬古道的興起大約可以追溯到唐朝時期，當時中國內地的茶葉開始被運往西南地區，而西南地區則是通往西藏和蒙古的必經之路。茶葉在西南地區的交易逐漸形成了一個完整的貿易體系，茶馬古道也因此逐漸形成並發展起來。在蒙古地區，一些歷史文獻記載了當地人民在茶席上交流友情、商談生意的場景。例如，一些遊記和史書中都有關於蒙古人民在茶席上舉辦盛大宴會的描述，這些宴會通常包括茶葉、奶酪和肉類等美食，人們在這裡盡情歡聚，共享美好時光。在西藏地區，有關酥油茶席的記載也不乏其人。藏族人民喜歡在節日或重要場合舉辦酥油茶席，以表達對客人的尊重和友好。在藏族的文學作品和民間故事中，我們也可以找到許多關於酥油茶席的描寫，這些描寫生動地展現了藏族人民的熱情好客和豐富的生活情趣。這條歷史的道路見證了中國古代的商業繁榮和文化融合，不僅促進了中國與蒙古、西藏等地區的經濟交流和文化交流，也豐富了這些地區的茶文化，使得蒙古和西藏的茶文化得以廣泛傳播和發展，成為了這些地區獨特而重要的文化符號。

　　宋代又是中國茶文化一次風華盛世。皇室飲茶之風更勝於唐室，尤其以宋徽宗為代表，他親自撰寫了《大觀茶論》，親手點茶，對極品茶葉的需求刺激了貢茶的發展，促成了製茶技藝及品飲方法的創新，也帶動了鬥茶風潮的興起。這股風潮產生了許多具有代表性的特色，例如建窯黑釉盞就是隨著鬥茶風潮流行天下的產物，而茶文化不僅僅是一種品味，更是一種精神享受和文化生活。南宋文人筆記《夢粱錄》中提到了「插花」、「焚香」、「掛畫」與「茶藝」合稱為「四藝」，這些藝術形式在文人社會中被視為不可或缺的精緻生活的一部分。宋太祖趙匡胤更是一位嗜茶之士，在宮庭中設立了茶事機關，宮廷用茶已分等級，茶儀已成禮制深深地融入了人們的生活與習俗中。

　　元朝《陸羽烹茶圖》的畫作成為了一個突出的代表，畫中所呈現的不僅僅是茶的飲用場景，更是一種對於文化的追求和對自然的熱愛。茶，已經不僅僅是一種飲品，更是一種生活的藝術、一種文化的象徵。這幅畫以陸羽烹茶為題材，呈現了一幅山中茅屋中的景象：主人按膝而坐，旁有一茶童正在煮火烹茶。這幅畫悠然自得，與山水之間自然融為一體，畫中題詩「山中茅屋是誰家，兀會閑吟到日斜，俗客不來山鳥散，呼童汲水煮新茶。」更加突出了山居茶烹的雅致。我們不僅可以看到茶飲方式的演進，更能感受到茶在文人雅士中的地位逐漸提升，品茗已不僅僅是一種飲用方式，更成為了社交禮儀的形式之一，而茶的飲用方式和擺設用具也更加講究多元化，從而體現了人們對於茶文化的深刻追求和熱愛。

　　明朝茶文化迎來了一個新的發展階段，明太祖朱元璋廢除了團茶進貢，改行散茶，並推崇茶壺或茶杯用開水沏泡的撮泡法及小壺泡法，這種茶泡法也受到了當時社會和講究品茶的文人們的歡迎。文徵明以茶入詩、入畫、入書法，將茶的品味與生活融為一體，其《惠山茶會圖》生動地呈現了當時的茶會場景，展現了文人雅士們品茗的雅致和風雅文化的追求。明代茶文化的發展也促成了茶藝的進步，從撮泡法到小壺泡法，再到後來的工夫茶，茶泡法不斷演進，茶具的選擇和搭配也更加講究，紫砂壺作為茶具的代表，更是成為了當時茶藝的精髓所在。

　　鄰國的日本茶道，也是源自中國的古老文化。在日式雅道的三大經典藝術中，香道、日式花道、茶道這三者是不可或缺的。傳說西元 815 年永忠和尚自中國帶回茶葉，並自行調製了煎茶，

獻給當時的嵯峨天皇，天皇對這種新奇的飲品十分喜愛，隨後下令在日本西部的近畿地區大規模栽種茶葉，後由於皇族和權貴的推廣，喝茶的風氣逐漸在日本社會中興盛起來。在日本美學興起的室町時代，日本茶道也在此時蓬勃發展。如今的日本茶道分為抹茶道和煎茶道。抹茶道以粉狀茶為主，茶器以茶碗為中心，而煎茶道則以葉形茶為主，茶器以壺為中心。茶道不僅僅是飲茶的文化，更是一種精神的修養。在茶道儀式中，每一個動作、每一個步驟都有嚴格的規範，反映了日本人對於禮儀和精神修養的追求。

綜觀歷代的繪畫文獻，我們可以發現茶文化的演進與茶席的發展息息相關，貴族文人品茶時講究的不僅是茶的品質，更是環境的選擇與營造，追求一種優雅的茶境文化氛圍。茶席的發展與茶會、茶宴密不可分。當時的文人雅士喜歡在山水之間、松下竹林、小橋流水的環境中品茗，將天地之間的自然景觀作為茶室，而花草、奇石、雲霧山嵐則成為佈置茶席的天然元素。這種將茶飲與自然融合的理念，不僅使茶文化更加豐富多彩，也讓人們在品茗的同時感受到了大自然的美好。

茶香的饗宴：品茗杯與聞香杯

在臺灣茶文化中，「臺灣雙杯品茗泡」被譽為一種融合了傳統與現代的茶道體驗。其中，「品茗杯」和「聞香杯」作為泡茶過程中的重要元素，承載著茶人的情懷和對茶香的追求，成為了這一茶道饗宴的核心。

品茗杯是泡茶過程中用來品茗的杯子，它的設計旨在讓品茗者更好地品味茶葉的風情。通常，品茗杯的杯身較高，杯口較窄，這樣可以讓茶香充分散發，讓品茗者更好地感受茶葉的香氣。品茗杯不僅僅是一個容器，更是一個情感的媒介。茶人在品茗的過程中，不僅僅是在品味茶葉的風情，更是在感受茶香帶來的愉悅和寧靜。

聞香杯是泡茶過程中用來聞香的杯子，它的設計旨在讓品茗者更好地感受茶香的韻味。通常，聞香杯的杯口較寬，杯身較短，這樣可以讓茶香更容易進入品茗者的鼻腔，讓他們更好地感受茶香的層次和變化。聞香杯是茶人感受茶香的重要工具，它不僅能夠幫助茶人更好地感受茶香的韻味，還能夠幫助他們更好地理解茶葉的品質和特點。

在「臺灣雙杯品茗泡」中，品茗杯和聞香杯共同承載了茶香的饗宴。品茗者通過品茗杯和聞香杯，可以更好地感受茶香的層次和變化，進而更好地理解茶葉的品質和特點。茶香的饗宴不僅僅是一種感官的享受，更是一種心靈的寧靜。在品茗的過程中，茶人可以放下煩憂，放鬆心情，享受片刻的寧靜和愉悅。這種寧靜和愉悅不僅僅是茶香帶來的，更是茶人對生活的一種態度和追求。

臺灣茶藝：從文化傳統到當代美學

茶，是中國文化的一部分，也是一種生活的象徵。而在臺灣，茶不僅僅是一種飲料，更是一種文化的體現，代表了臺灣文化的多元性與創新性。臺灣茶藝的發展經歷了專家、製茶師傅、消費者之間的長時間交流與共識，並在市場考驗中逐漸成熟，成為了文化分類的一環。茶藝是一種生活感，讓泡茶者可以創造出屬於自己的美學風格。在臺灣，泡茶不僅是一種日常活動，更是一

種對自然、對生活的感悟。茶席的佈置講究雅緻、悠閒、寧靜的氛圍，讓參與者可以約束自己的身心，與茶人共同成就喝茶這件雅事。

然而，茶藝的發展背後更有一個值得探討的問題：文化如何形成？除了從環境、社會、人際交流等方面來分析外，我們更應該關注身體學習對文化的影響。身體不僅是經驗的媒介，更是掌握文化概念的關鍵。因此，想要了解文化的形成，就需要先了解人們如何感受這個世界，以及感受的方式如何轉化。茶藝的發展與社會的穩定息息相關。只有在社會穩定的情況下，文化才能得以繁榮發展。在一個充滿緊張和不安的社會環境中，人們往往難以專注於文化的修養和發展。因此，茶藝的興起往往是在社會相對穩定的時期。

臺灣茶藝的形成，源於 1970 年代末期，隨著政府對國內飲茶活動的推廣，茶藝館等相關產業開始興起，重新建構了臺灣的茶文化。茶藝館的佈置講究雅緻、悠閒、寧靜的氛圍，茶的泡法主要以傳統工夫茶或老人茶為基礎，形成了獨特的臺灣茶文化。臺灣茶藝的發展不僅是對傳統文化的傳承和創新、強調了茶席環境的營造和藝術的展現，更是對生活美學的實踐和對自然的感悟。

茶藝的設計講究與泡茶的人的風格相匹配，融入了各種藝術表現，展現了茶文化的豐富性和多樣性。值得一提的是，在茶藝的發展過程中，茶藝館、茶會活動以及茶文化團體的興起起到了重要的作用，這些活動不僅讓茶文化深入了人們的生活，也讓更多的人了解了中國各種飲茶法和茶文化的精髓。茶藝的「藝」字代表了製茶工藝、茶器工藝、沖泡技藝、陳設美學藝術、空間設計美藝等的集合概念。茶藝之美在於它的多樣性和綜合性，它融合了自然美、人文美和藝術美，展現了一種極致的生活品味和文化魅力，這樣的茶藝是一門綜合性的藝術，它不僅僅是一種飲茶的方式，更是一種生活的態度和一種文化的象徵，透過茶藝，人們可以感受到心靈的寧靜和悠然，品味生活的美好和藝術的魅力。

在臺灣，茶藝更加融合了不同的哲學觀點，內化成了每個茶人自己的風格。在這個島嶼上，人們對茶的熱愛和對茶藝的追求已經成為一種生活的態度和一種文化的象徵，不僅僅是一種泡茶的技藝，更是一種生活的藝術和一種心靈的修行。

茶席，是人與茶湯的連結

茶席包含了泡茶的技藝、進行茶藝時的禮儀和規範，以及一種修行的道路。技藝不僅僅是指泡茶的技巧，更是一種對茶的理解和感悟；禮法則是茶道帶來的一種儀式感和規範，讓茶人在茶道的世界中能夠更好地融入其中；而道則是茶道的精神所在，是茶人透過泡茶的過程來修行自己的心靈和修養自己的品性。

古代文獻並未出現所謂的「茶席」一詞，茶席是現代人所新創，茶席指的是泡茶喝茶的場所，是一個包括茶具操作、客人坐席及周邊佈置的空間。在茶席上，人們不僅可以品嚐到美味的茶品，還可以感受到茶的文化魅力，進而促進人與人之間的交流與情感。

如果你需要一種生活的態度和一種文化的象徵，那麼在茶席呈現的世界裡，相信你可以感受到一種與自然和諧共處的感覺，也可以感受到一種內心的寧靜和平和，進一步認識自己，反思生活。而這種連結並不僅僅存在於品茶的過程中，更體現在茶藝空間的設計中。一個優雅的茶室，一個精心佈置的茶席，都能夠營造出一種舒適、愉悅的氛圍，讓人們在其中得到放鬆和享受！

茶人 于心怡 一路繁花

喝茶與飲茶文化，自唐宋元明清至今，每個朝代每個時期都有著各自的魅力！如今的當代茶席美學無論極簡、侘寂、唯美、古典還是浪漫……都各有千秋！

此次的茶席我選用了金色為主色調，擁有著雍容華貴的貴氣！金色代表著永久不變的顏色！也希望擁有著五千年歷史文化的茶與飲茶文化可以一直繁華下去！經歷了歲月長河的洗禮，卻從未被世人遺忘！像那一路盛開的繁花！經久不衰！

刺繡席巾
央貴蓋碗
央貴壺承
安藤雅信金色茶海
紅銅鍍金杯托
八瓣品茗杯
錫茶則
純銀茶針
蘇建霖擱置
英國複合式茶倉
棉、陶瓷、金屬、銅、瓷、錫、銀、玻璃

茶人　翁韋如　剛柔並濟

生存在這個世代，我們既要有剛毅、勇於接受挑戰的勇氣，同時內心也要具備柔軟有彈性的特質，剛柔並濟，如此才能不斷成長，走出一條屬於自己的道路。這也是我們在茶席上想表現的理念。

一席淡緗色席巾，布面柔和的光澤加上香檳金繡線描繪的梧桐葉，散發出低調優雅卻又不失氣勢的獨特氛圍。茶器—主泡器、壺承、杯托、茶則等選用以金屬元素為主調，展現了「剛」的特質；而藝術家們應用金屬的材料，剛中帶柔的做出了極富溫柔氣質的蕾絲墊片、仿生植物擱置，不但呼應金屬元素的主調，也讓茶席多了浪漫唯美的溫度，充分詮釋了「柔」的形象。

純色席巾
刺繡席巾
玉柄銀壺
純錫作家壺承
安藤雅信黑茶海
老銀杯托
品茗杯
蘇建霖茶則
銀茶針
銀植物擱置
黑色陶茶倉
圓善 K 金蕾絲墊片
棉、銀、錫、陶瓷、瓷、金屬、陶

茶人　彭鈺兒　鏡花雪月

以鏡花水月為靈感,創作出既實用又富有詩意的茶具,巧妙地將鏡面與精緻花卉圖案結合,讓每一件茶碗和茶杯不僅反射出使用者的容顏,更映出其內心的細膩波動。

陽光透過窗櫺照射在這些茶具上,光影與花卉圖案在茶桌上舞動,如夢似幻,為忙碌的生活帶來一份安寧與悠然。不僅是飲茶的器皿,更是一種生活藝術,引領人們進入一個遠離塵囂,充滿靜好與安樂的世界。

鏡花水月,是對美好生活的一種期許,也是對現代人尋求心靈慰藉的一種回應。

花型茶碗
花型琉璃杯
甜白釉手工花瓶
金色斑點茶倉
陶瓷、琉璃

茶人　曾靖驍　無我之境

以佛學根本思想「無我」的概念：五蘊皆空，引至器物的靈魂，主張「匠心烙在無我的作器，用我執活出自己的道」，工藝家、設計師的靈魂鑄成器物的形體、框架，留下空間使『用者』留下歲月的痕跡、仍能為器物活出獨有性格。

因此設計上採用純粹、不多餘的黑白兩色呼應，原礦黑泥加上定白釉，並以1250度高溫燒製，適宜沖泡普洱、紅茶、烏龍茶等中重度烘焙的茶葉。而無我系列其中的馬克杯，搭配線條簡單的杯托，方便而實用。杯身直紋線條，粗獷窯燒肌理散發出簡約自然樸實又富禪意的器韻。

聚香杯
柚木杯托
柚木茶盤
原木側把赤岩茶海
香器
龍柏壺托
牡丹剃花側把茶器
鏽鐵茶盤
銅杯托
茶巾
銅提梁煮水壺
焙火器
兩用水方
牡丹品水罐
正把茶海
茶則
花器
茶倉
骨瓷品杯
骨瓷側把茶海
骨瓷牡丹茶器
鍍玫瑰金茶盤
木桌家具
原礦黑泥、柚木、龍柏、真金、鐵、
銅、棉、牡丹漆器、銀錫合金、
純錫、骨瓷、銀、牡丹漆器、
鐵鍍玫瑰金、木

茶人 歐文 晴天

設計師深受晴朗天空的啟發，創造了一
系列柴燒瓷土茶具，這些茶具在熾熱的
柴火中經過高溫淬煉，表面淬煉出如同
陽光般的溫暖光澤。每件茶具都宛如一
片晴空，光芒閃耀，為日常生活帶來一
抹幸福與明媚。

茶席的設計不僅令人賞心悅目，更是一
種生活藝術，邀請我們在忙碌之中也要
留心感受晴好日子的美好。這些茶具的
存在，就像是一個小小的提醒：即使在
平凡的日常中，也可以發現和珍惜生活
的閃光點。

希望通過本茶席的創作，讓人們在品一
杯香茗時，也能感受到心靈的滿足與自
然的恬靜，仿佛身處一片遼闊無垠的晴
朗天空之下。

小狗造型柴燒壺
白瓷柴燒茶海
志野釉手工花瓶
白瓷柴燒雙杯
瓷土、陶土

茶人　郭永信　闔勒溢心

以自然材料自己動手製作的溫度茶席。

1. 茶席桌，長 185、寬 40、高 42、厚 6
   公分，為主桌。多年前收藏了幾片龍
   眼木頭，挑選一片適合作茶席又可泡
   工夫茶，加上鐵腳穩固又簡約。

2. 茶席邊桌，可放燒水器及其它茶器。
   此桌是鐵器為外框，內桌板是父親留
   下的。長 85、寬 55、高 20 公分，表
   現有年代、拙趣。

3. 外加小鐵架上了生漆，可擺放杯、茶
   壺及其它茶器具，可擺放小花器，可
   顯自然古樸之色感。

茶壺
壺承
杯子
杯托
蓋置
杯承
茶席巾
茶席布
茶倉圓
茶則
茶匙
油燈
茶盅
水方
燒水器
鐵架
熱水瓶
陶、木、鐵、布、竹、鎏金

蒙古生活與茶文化

「蒙」式飲茶－蒙古茶文化簡介

■ 紀英豪撰文（蒙藏文化中心秘書）

■ 藍美華審訂（國立政治大學副教授）

蒙古茶的來源及風氣

蒙古人的飲茶文化體現於「蒙古奶茶」，加鹽不加糖、熱飲不冷喝為其一大特色。生活在草原上的蒙古人多以肉食及奶製品為主食，新鮮蔬菜相對缺乏，因此奶茶被當做是最好的維生素補品。蒙古地處寒帶不產茶葉，在蒙古人於 1234 年摧毀金王朝，征服了中國北方大部分地區之後，他們才開始有機會了解中國飲茶習俗。元朝時，蒙古的上層階級開始喝茶，然而到 13 世紀末，這種做法在蒙古平民中尚未普及，元朝崩潰後，飲茶的習慣就被拋棄了。

元朝時，部分蒙古人喝茶主要是受中國人和部分藏人的影響，但後來恢復喝茶以及喝茶的盛行，是 16 世紀受到藏人的影響。起初，蒙古人不喝茶，而是向喇嘛和廟宇提供茶，作為他們皈依藏傳佛教的宗教習俗和義務的一部分。然而，當他們與藏人的互動增加時，蒙古人很快開始享受飲茶。另一方面，自北元時期「茶馬互市」後，磚茶取得相對容易，飲茶風氣也逐漸開始流行，至清朝尤其盛行，據說當時還曾有一塊磚茶換取一頭牲畜的行情！漸漸飲用奶茶成為了蒙古人的生活日常。到蒙古牧民家作客，對遠近親疏的訪客朋友，仍一視同仁熬煮奶茶熱情招待，這就是所謂的蒙古式好客吧！

蒙古人飲茶方式

蒙古高原地勢高，水的沸點低，茶葉不易沏開，且磚茶更是緊實，必須以熬煮方式處理。蒙古傳統牧民通常只在晚上放牧回家才得正式享用一餐，但是在早、中、晚喝奶茶一般是不可或缺的。每日清晨蒙古主婦第一件要事，就是煮好一鍋蒙古奶茶放在微火上保溫，以供全家人整天隨時取用。

「蒙」式飲茶應該也受到藏傳佛教寺院大鍋茶的影響。寺廟上的大鍋茶有專人負責熬煮，一般蒙古家庭熬茶則由主婦負責。烹煮方式是用刀子將茶磚切碎或搗碎後裝入小布袋，放入鍋中煮沸攪拌適當時間，加入鮮奶、鹽和奶油繼續攪拌均勻，即成為茶香奶香濃郁的蒙古奶茶。在貝加爾湖南方特產一種蒙古米，將蒙古米製作成炒米（類似於爆米香）加入奶茶，又多了一份炒米的香氣，更講究的還會加入奶豆腐等其他奶製品，甚至是風乾肉塊。今日在蒙古游牧社會裡，奶茶並非飲料，而是成為了一種主食的存在。現今在蒙古大城市裡，也有販售加工製成的蒙古奶茶粉，以契合都市生活步調。

蒙古地區與海洋絕緣，因此僅在鐵路沿線地帶有海鹽交易。當地雖不產海鹽，但湖鹽可說垂手可得，每年 11 月到次年 3 月為採鹽旺季，每當此一時節湖泊凍涸，鹽和鹼結晶成層，打破湖面薄冰即可取得鹽鹼結晶，蒙古奶茶加鹽的原因主要即歸因於此，鹹奶茶早已成為蒙古牧民攝取鹽分的主要來源。

蒙古茶具

蒙古牧民過著逐水草而居的傳統游牧生活，生活用品必須結實又耐用，因此大量的木器、鐵器、銅器成為了製作茶具的基本材料。

蒙古人喝茶飲酒皆使用碗具。早期是用木皮製碗，後來演變為用椴木量產，也有用樺木製作，還有在木頭外鑲嵌刻有傳統花紋的銀質底座。銀鑲木碗通常為招待貴客或為貴族人家所使用。而茶壺則為茶具之首，多為銅製，亦有用銀器製造的茶壺，造型別緻，形狀多為圓形或橢圓形，嘴小底大，外表拋光發亮，通常在壺蓋、提把或壺嘴上鑲嵌有花紋圖案。其他蒙古傳統茶具尚有火撐子、鍋、茶桶、茶袋、茶臼、刀、木盒、盤子、勺子等等用具。

蒙古茶文化禮俗

自古以來，蒙古人就有每天清晨用首泡奶茶向神佛獻祭、敬灑在蒙古包周圍，以示對蒼天大地水火等泛神靈崇拜的儀式。蒙古人在娶親時，喜車到達蒙古包完成接親儀式後，會將茶灑向車輪以表洗塵、祝福之意。每當蒙古人出門遠行時，也要向出行的方向潑灑奶茶，祈求一路順風。

清朝時，朝廷常與蒙古王公貴族以茶葉為賜品，以示尊重。在春節期間，蒙古人都要贈送拜年者一小包磚茶，用意是帶珍品回家。男婚女嫁時也有用茶葉訂親、互贈的習俗。

此外，蒙古人的飲茶文化尚存在有些許禁忌，例如：搗茶用具不能用作他途。客人拜訪一定要熬茶款待，不問客人是否喝茶，直接端茶給客人是起碼的禮節。忌諱用破損的茶具待客，否則不吉利。敬茶時，按座位序以順時針方向奉茶。作客時，必須用右手或雙手接取主人所敬茶碗，無需用茶也得先把碗接過來，否則視為失禮。忌諱將茶渣與垃圾一起傾倒，否則會使人失去「口福」。敬茶時，先把茶敬佛，再給一家之主盛茶，然後才給客人，否則就失規矩，將導致本家福氣衰落。

木製奶桶架
Milk Bucket Rack

納木手繪水彩畫
Hand-painted Watercolor by Namuun
40×55 cm
文化部蒙藏文化中心收藏
Mongolian and Tibetan Gallery, Ministry
of Culture Collection

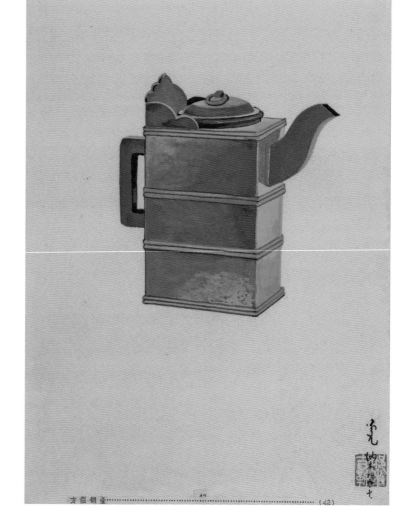

方型銅壺
Square Copper Kettle

納木手繪水彩畫
Hand-painted Watercolor by Namuun
40×55 cm
文化部蒙藏文化中心收藏
Mongolian and Tibetan Gallery,
Ministry of Culture Collection

紫銅銀花紋奶油壺
Copper Butter Jug with Silver Pattern

納木手繪水彩畫
Hand-painted Watercolor by Namuun
40×55 cm
文化部蒙藏文化中心收藏
Mongolian and Tibetan Gallery, Ministry of
Culture Collection

紫銅銀花紋奶油桶 .... (45)

1m高木製牛奶發酵桶。牛奶放入淌溝发酵，用木棍（帶一小圆头）上
下攪动。这种酵奶可以榨旅出油和其它奶食品 (67)

木製牛奶發酵桶
Wooden Milk Fermentation Vat

納木手繪水彩畫
Hand-painted Watercolor by Namuun
40×55 cm
文化部蒙藏文化中心收藏
Mongolian and Tibetan Gallery, Ministry of Culture Collection

銅奶桶及碓臼
Copper Milk Container &
Pestle and Mortar

納木手繪水彩畫
Hand-painted Watercolor by Namuun
40×55 cm
文化部蒙藏文化中心收藏
Mongolian and Tibetan Gallery,
Ministry of Culture Collection

木奶桶
Wooden Milk Buckets

納木手繪水彩畫
Hand-painted Watercolor by Namuun
40×55 cm
文化部蒙藏文化中心收藏
Mongolian and Tibetan Gallery,
Ministry of Culture Collection

第二部份　蒙古包內生活用具及家具

東布壺
Dongbu Pot

納木手繪水彩畫
Hand-painted Watercolor by Namuun
40×55 cm
文化部蒙藏文化中心收藏
Mongolian and Tibetan Gallery, Ministry of Culture Collection

木碗架 （放在木制小柜（39圖）上形成一套）...............（39）

木碗架
Wooden Bowl Shelf
納木手繪水彩畫
Hand-painted Watercolor by Namuun
40×55 cm
文化部蒙藏文化中心收藏
Mongolian and Tibetan Gallery, Ministry of Culture Collection

東布茶壺
Dongbu Pot

銅 Copper
文化部蒙藏文化中心收藏
Mongolian and Tibetan Gallery,
Ministry of Culture Collection

西藏生活與茶文化

藏茶的歷史與特色

■ 劉國威（國立故宮博物院研究員）

藏語稱「茶」為「ja」，這與古代漢語對茶的稱呼相同。茶葉在唐代以前被稱為「檟」，《爾雅・釋木》云：「檟，苦茶。」《茶經》亦載，茶「其名，一曰茶，二曰檟，三曰蔎，四曰茗，五曰荈。」可見茶在古時常被稱作「檟」。漢語藏語對茶稱呼的一致，緣於藏語從漢語的借用，同時也表明早期藏人茶飲與漢文化之間的關係。

作為擁有千餘年悠久歷史的民族，藏人的飲食習俗亦極具其民族風格；其中，西藏的茶飲頗具特色，是其飲食文化的重要組成。溯其淵源，茶葉傳入西藏雖與唐代中原的茶文化相關，隨其歷史發展，卻又獨樹一幟，已自成其高原茶文化體系，如酥油茶即可為代表。然而，茶最初傳入吐蕃，相較於當時唐人的茶飲習俗，卻呈現鮮明的藥物特點。

藏茶源流

關於茶葉入藏的時間，學界主要有三種說法。第一種認為最早在漢代，這種說法來自《史記》與《漢書》中的簡短片段，非直接證據；且自漢代至唐初，茶葉的傳播和使用仍非廣泛。第二種說法主要依據《西藏王統記》（rgyal rabs gsal ba'i me long，第十四代薩迦法王索南堅贊編寫，1388 定稿成書）等史書的相關記載，認為是藏王松贊干布（?-650）時，隨文成公主入藏，茶葉從中原帶入吐蕃。

第三種說法則明確指出茶葉的傳入是在都松莽布杰（dul srong mang po rje，670-704，松贊干布的曾孫）統治時期。此觀點影響廣泛，許多後弘期史籍都持此說，如《紅史》（deb ther dmar po，蔡巴・貢噶多吉著，成書於 1368 年）載：「都松莽布杰在位期間，吐蕃有大量茶葉、器樂。」明初成書的《漢藏史集》（rgyal bod yig tshang，達倉宗巴・班覺桑布著）記載：「此王（都松莽布杰）在位之時，吐蕃出現以前未曾有過的茶葉和碗。」（引自陳慶英的漢譯本）都松莽布杰時期茶葉的傳入可能和這一階段吐蕃王朝積極的對外擴張有關。此王之前，吐蕃已先後攻佔白蘭、吐谷渾諸地（今青海一帶），原本忠於唐朝的一些西域地方也開始倒向吐蕃。吐蕃強有力的向外擴張促進其與中原、西域、南詔等周邊地區間的交流，《智者喜宴》（mkhas pa'i dga' ston，噶瑪噶舉派僧人巴臥・祖拉成哇著，成書於 1564 年）亦記載此時期：「據謂得到茶及多種樂器。」

藏文史料對茶的系統性記載主要見於《漢藏史集》，此書關於茶的記述分兩章，分別是〈茶葉和碗在吐蕃出現的故事〉及〈茶葉的種類〉。據載：「在某一時候，國王都松莽布杰得了一場重病，當時吐蕃沒有精通醫學的醫生，國王只能注意飲食行動，加以調理。當國王安心靜養之時，王宮屋頂的欄杆角上，飛來了一隻以前沒有見過的美麗小鳥，口中銜著一根樹枝，枝上有幾片葉子，在屋頂上婉轉啼叫。國王看見了小鳥，開初並沒有注意它。第二天太陽剛剛升起時，小鳥又飛來了，還和前一天一樣啼叫。國王對此情景不禁犯疑，派人去查看，將小鳥銜來的樹枝取來放到臥榻之上。國王發現這是一種以前沒有見過的樹，於是摘下樹葉的尖梢放入口中品嘗其味，覺得清香。加水煮沸，成為上好飲料。於是國王召集眾大臣及平民，說：諸位大臣及平民請聽，我在這場病中對其它飲食一概不思，唯獨小鳥攜來的樹葉作為飲料十分奇妙，能滋養身體，是治病

良藥。」

　　在此則頗具傳奇色彩的描述中，小鳥銜來茶樹之葉，因其功效奇妙，國王得以療養病體，被贊普稱為「治病良藥」。就文獻本身來講，此傳奇記載無法考證其真實性，但有關茶的藥物屬性可於吐蕃時期的敦煌藏文文獻見到旁證。敦煌藏文文獻 S.T.765 號《吐蕃醫療術長卷》記載；「如人與牲畜均中邪，治療法是用銀（片）刮舌令其嘔吐，再用鐵粉、鹿角的焦渣、透骨草、蜥蜴肉、蛇肉、濃茶氣味、靴垢、阿魏草等餘渣，從外部驅趕之。」[1] 在這段記載中，將濃茶的餘渣和其他珍礦物類、動物類、草藥類等藥物混在一起，用以驅邪，適用於「同一宗族的人一時衝撞了污穢之類，必須伏魔解怨，（患者）神志不清（直譯：身體不聚合）」的病症。成書於吐蕃時期的《四部醫典》（rgyud bzhi）中，記載關於赤巴病的特殊療法：「以新鮮酥油醫治效果顯著。其次食用黃牛、野牲的新鮮肉、澗水和雪山水煮茶、黃牛或山羊奶製成的乳酪、白花蒲公英、蒲公英、麥片麵粉粥等涼性食物。」[2] 茶因其味澀而性涼，被視為治療熱病的飲食。

　　佛教也是吐蕃時期將茶葉傳入藏區的重要管道。隨佛教西傳，漢傳僧人將飲茶風氣帶入吐蕃。都松莽布杰在位期間，漢地佛教雖早有傳入，但此時期僅少數漢僧在吐蕃活動，影響尚未廣泛。到稍後的八世紀，赤德祖贊（704-755）與赤松德贊（742-797）兩代贊普大力弘揚佛教，加上此時期吐蕃王朝國力強盛，勢力遠及河西與西域；這些地區的佛教信仰濃厚，和吐蕃本土保持密切往來，其中最具代表性的人物即屬 781 年左右受贊普詔請入藏的禪僧摩訶衍，史料中有關茶的記載，也多出現於這一時期。《漢藏史集》記載：「對於飲茶最為精通的是漢地的和尚，此後噶米王（即赤松德贊）向和尚學會了烹茶，米札貢布向噶米王學會烹茶，這以後依次傳了下來。」茶葉傳入之初，即與吐蕃宮廷醫藥緊密的結合在一起，表明茶在當時的應用主要限於吐蕃上層社會，這也和漢地佛教初入吐蕃時，僅受貴族尊崇的情形一致。《漢藏史集》在〈茶葉的種類〉這一章中，依據茶的生長環境，茶樹、茶葉及茶汁性狀，烹飲方式及功效的不同，將茶葉細分為十六種，如：「生長於山谷深處的茶樹，葉小，枝幹粗圓，顏色灰白，氣味如當歸，味澀，燒煮後飲用，能治療涎分病，稱為翁納普達茶。生長於山谷口處的茶樹，葉片大而柔軟，樹幹粗圓，顏色深黑，汁味大苦，適作飲料，對風病有大療效。稱為烏蘇南達茶。生長在旱地的茶樹，葉片大，樹幹粗，顏色紅褐，氣味難聞，汁黑色，味澀，適燒煮，去膽熱，若加封藏，其汁紅黃，稱為敦烏瑪底茶。生長在水澆地的茶樹，稱為阿米巴羅茶，葉片厚而光滑，顏色青綠，多次浸泡汁色不變，氣味甜，味柔和，適合研細浸泡，平寒熱。生長在農田中的茶樹，稱為哈拉札茶，顏色黃，葉片大而枝幹粗，汁如血色，味道大苦，氣味如甲明樹之氣味，適合速煎，飲之去癡愚。生長在熟田中的茶樹，稱為阿古達瑪茶，顏色灰黑，葉片小而厚，枝幹細，其汁如乳漿樹之汁，氣味芳香，味道清甜，以研為細末者佳，飲之去風病。」

1. 羅秉芬譯，《敦煌本吐蕃醫學文獻精要》。北京：民族出版社，2002 年。

2. 宇妥 · 雲丹貢布著、毛繼祖、馬世林等譯注，《醫學四續》。上海：上海科學技術出版社，2012 年。

漢晉以來，中國文化中的茶飲主要關注茶的保健功效，此概念到唐代發生轉變，在唐代茶已是一種日常飲料，深受士人喜愛。唐代封演所著《封氏聞見記》載：「茶道大行，王公朝士無不飲者。」李肇所著的《唐國史補》（成書於唐元和年間（806-821））記載，唐德宗建中二年（781），監察御史常魯出使吐蕃，與贊普有這樣一段對話：「常魯公使西蕃，烹茶帳中，贊普問曰：此為何物？魯公曰：滌煩療渴，所謂茶也。贊普曰：我此亦有。遂命出之，以指曰：此壽州者，此舒州者，此顧渚者，此蘄門者，此昌明者，此㵉湖者。」

常魯公出使吐蕃，「烹茶帳中」，這本是平常之事。然藏王贊普不明常魯公所烹何物。贊普說吐蕃亦有茶，且種類不少，可見在唐代茶確已傳入吐蕃，而贊普的疑問，暗示唐蕃間的茶飲習俗似存差異。茶雖由漢地傳入吐蕃，除吐蕃茶飲觀念深受佛教影響以外，更多因素應是此時期吐蕃地域較之中原漢地，其習俗截然不同。

和唐代茶文化有所不同，吐蕃更加偏重於茶的藥物及保健功能。佛教作為將茶引入藏地的重要媒介，唐代漢僧對茶的認識，延續漢晉以來的茶飲觀念，主要集中於茶在生理上對參禪及修行的益處，這類藥物功能的茶觀念，隨漢地佛教西傳而帶入吐蕃。加上西藏醫學與佛教的關聯緊密，使得茶經由佛教傳入而及於醫藥，以藥物及養生的形式加以展現，最終為藏人接受，成為其飲食文化的重要成分。《漢藏史集》中，茶被譽為「諸佛菩薩全都喜愛、高貴尊者悉皆飲用、妙欲受用的甘露。」其傳入藏地也被稱為「天界享用的甘露，偶然滴落到人間。」及至今日，飲茶已是藏人生活中不可或缺的元素，為寺院僧人獻上茶供也成為西藏佛教的特有宗教活動（mang ja skol，清代史料稱「熬茶」）。

藏茶種類

茶葉傳入西藏後，其所具有的助消化、解油膩的功能，使之成為肉食乳飲的藏民族飲食必需品，不論是貴族、平民、僧俗，飲茶成風，嗜茶成性。也因此，維繫兩地間的茶馬古道也應運而生。唐玄宗開元十三年（725），唐准許吐蕃在赤嶺（今青海湖東面的日月山）互市，就此開啟藏漢間的茶馬貿易。北宋時，相繼在雅州（今四川雅安）、黎州（今四川漢源）、調門（今四川天全）新開闢多條通往藏區的「邊茶古道」，其中以黎州和雅州聲名最盛；元、明、清三代都先後在拉薩、薩迦、日喀則、江孜、墨竹工卡、拉孜、昂仁等地設立「茶馬司」，管理茶馬互市貿易。元代增加「茶由」（零售茶稅），強化對茶馬貿易的稅收管理。明朝增設以茶馬司為核心的專管機構，並與「貢馬賜茶」的朝貢制配合實行。據記載，明初茶貴馬賤，一匹馬可換茶50餘公斤；明末則茶賤馬貴，一匹馬可換茶葉250餘公斤。清朝的茶馬互市制度漸為「邊茶貿易」取代，使茶葉貿易獲更大的自由空間。

傳統藏茶以型制而分科大致分磚茶（ja sbag）、沱茶（ja ril，以上兩種都是緊壓茶，茶馬貿易中的輸藏茶葉主要為緊壓茶，沱茶多於雲南製作而入藏）和散茶三類，甚少用綠茶或花茶直接泡飲。茶葉可分為細茶和粗茶兩種，細茶也叫「芽茶」，是清明前後採摘的嫩芽綠葉；粗茶亦稱「剪刀茶」，是秋季用剪刀連枝帶葉採摘的茶，也就是過去所稱的「邊茶」。由於地處高原，藏人習將茶葉煮飲，而非沖泡，因此多認為細茶雖味香清淡，但不耐久煮；粗茶色味俱濃，能經久煮，具抗寒提神之效，反而甚受藏人喜愛。

西藏飲茶方式主要分清飲與調飲兩大類，清飲即為清茶（藏人習慣加少許鹽烹煮），調飲則包括酥油茶、奶茶、麵茶、油茶、糌粑茶等。甜茶的出現時間較晚，其它各類調茶的具體出現時間在考證上尚未有一致意見。

1. 清茶（ja rgod 或 ja dwangs）：清茶在藏人傳統社會中與酥油茶一樣普遍，但更流行於平民階層，由於酥油茶需輔料及加工，對平民而言有時較不易準備，所以清茶更受青睞。一般做法是在大壺或鍋內多次熬煮茶葉（因高原環境以及茶葉屬緊壓茶類），同時加入食鹽（或於最終再加），所得茶湯即為清茶。有時為方便故，有些家庭會一次加入大量茶葉，加少量水，經長時熬煮，形成濃茶漿（ja khu），再將此茶漿儲備起來，飲用時用開水沖泡即可。烹煮清茶所用佐料在藏區各地不盡相同，康區一般僅放鹽，有些地方則放鹽及鹼，這樣易出茶色，且幫助消化；安多的農區熬清茶一般放花椒、鹽，甚至放薑，這些佐料既增香又增熱，具祛風通脈功效；衛藏地區一般僅置鹽飲用，也有不放鹽的飲茶習慣。一般是茶葉和鹽巴一同放入鍋或壺中熬煮，也有人在茶色熬出後再放鹽。藏諺：「茶無鹽如水一般；人無德如鬼一般。」說明藏人認為茶中須放鹽的重要性。

2. 酥油茶（ja bsrubs ma）：亦稱「藏茶」（bod ja），酥油茶可說與藏人日常生活聯繫最為緊密，其原料為茶（將緊壓茶撥開搗碎）、酥油和鹽。製作時，先將茶加水熬成濃汁，再把茶水倒入酥油茶桶（mdong mo），用專門的攪拌工具「甲柱」（ja dkrug）進行攪拌，使茶與酥油和食鹽相混，直到均勻為止，然後進行加熱與保溫。有些地區的作法還會加入核桃與雞蛋等。

3. 奶茶（'o ja）：基本上指茶湯加入鮮奶成為奶茶，但又可細分以下幾項：

    A. 清茶奶茶－以磚茶直接熬制出的奶茶。

    B. 熟茶奶茶－用已做好的熟茶（ja brngos）烹煮的奶茶。

    C. 鹹奶茶－以鹽巴為佐料的奶茶。

    D. 甜奶茶（ja mngar mo）－以紅糖等為佐料的奶茶。或簡稱甜茶，主要流行於拉薩一帶，由紅茶加奶和糖熬制而成。有研究認為甜茶是透過穿梭於西藏、尼泊爾、印度的伊斯蘭商人傳至拉薩。

    E. 香奶茶－以鹽、花椒為佐料的奶茶。

4. 糌粑茶（ja ldur）：先將茶葉烘乾後舂為細末，茶末放入水中熬出茶汁，再灑入糌粑和鹽，使其成為茶湯。

5. 麵茶（khre thug）：將麵粉放入鍋中乾炒，炒熟後放入具鹽的濃茶裡攪拌而喝。

6. 油茶（ja 'dan）：將酥油、糌粑、濃茶、鹽巴混合，煮成糊狀而食，多為產婦滋補而作。

7. 酪茶：先在碗內置入一些乳酪，再倒入清茶，飲盡茶後再食乳酪。

藏茶習俗舉隅

在農牧區，藏人的早餐喜歡吃「嘉丹」（ja 'dan）：先在碗內放上少量糌粑、乾酪粉（細奶渣）、酥油，再倒上茶水，茶水喝完後，將糌粑用勺攪著吃。藏人生活離不開茶，一早起來就要喝茶，茶爐上經常放一壺茶。有經濟條件的家庭，早茶必須是酥油茶，午後則多喝清茶。藏人對飲茶禮儀也十分講究，喝茶不能作響，而要輕緩慢飲，出聲是缺修養的表現。

今日在西藏文化地區，不管是農區、牧區、還是在市鎮，主人迎接賓客，首先即是端出香濃溫熱的酥油茶，恭敬地請客人喝一杯，接著再寒暄議事。經常可見藏人攜帶裝滿酥油茶或甜茶的暖水瓶（ja dam）為親友送行，乃至小孩新生，也要帶上酥油茶為之祝賀；到醫院探病，一般也會帶上一瓶酥油茶或甜茶，病人會備感安慰。

藏茶器具

茶爐

不論是牧區還是農區，傳統藏人家中都有茶爐，這是藏人家居室內特有用於溫茶的火爐，腹大口小，形狀可分為肥體矮身型和瘦體高身型。有的在上端爐口沿邊有三支點，用於承托茶壺；有的沒有支點，直接由爐口承托。茶爐的特點是其爐內為不出火苗的灰火，不僅能保持壺中茶水溫度，亦可取暖。

茶鍋

茶鍋的材質可分為銅、鋁、鑄鐵、陶、合金等。依形狀可分為寬口圓腹和收口圓腹兩種。一般藏人家中都有一至兩個鍋子，分別用於熬茶和煮肉。寺院以其人數則有大小不同的熬茶銅鍋，尤其是格魯派大寺院都有特大銅質茶鍋，高約 1.5 米，有的直徑可近 2 米，足以供千人以上的茶飲，此類大型銅茶鍋的腹上和鍋口都有浮雕圖案和吉祥祝願銘文。

茶桶

即指酥油茶桶（mdong mo，清代宮廷將此類茶桶以音譯稱為「多穆壺」），這是藏區普遍用於打製酥油茶的器具，是由口小腹深的圓形木桶和一帶柄的活塞構成，有大小之分，一般常見桶身長約 1 米左右，桶口直徑約 15 至 20 公分。此類茶桶的造型又可分素雅型和裝飾型兩種：素雅型是指未有任何金屬材質裝飾的純木質茶桶；裝飾型則是指上有鑲銅飾銀的茶桶，桶身環箍鋥亮銅皮裝飾，桶口及活塞木柄亦以銅皮包飾。

茶壺

藏式茶壺類型頗多，其質地一般為銅、鋁、錫、釉陶；其造型可粗分為瘦長型和廣腹型兩種。一般紅銅茶壺的壺蓋、壺頸、壺柄、壺嘴、壺口、壺底多用黃銅鎏金鑲飾；而黃銅茶壺的壺蓋、壺頸、壺柄、壺嘴、壺口、壺底多用白銀或白銅鑲飾。釉陶茶壺則以刻紋加以雕飾。

茶碗（ja dkar）

藏人茶碗依材質可分瓷碗、玉碗、金碗、銀碗、木碗、陶碗，以及以金、銀、銅等裝飾鑲嵌的碗。依其形狀可分為高腳、矮底、高底高壁瘦身型、矮底矮壁豐身型等。依其圖案可分為飛禽走獸類、樹木花草類、河流山川類、吉祥符號類和混合圖案類等。

藏人傳統認為最好的茶碗是瓷碗，關於瓷碗的來歷在《漢藏史集》中有詳細記載：「贊普找到茶葉後，聽說漢地的皇帝喝茶有專門的器具，叫碗。於是派使臣求之，漢地皇帝說：我們給你們送去醫藥曆算、各種工匠、各種樂師，吐蕃並沒有記住我的恩德，因此不能將碗贈給吐蕃。若吐蕃自己有製作的原料，我可以派遣一名製碗的工匠前去。漢地工匠根據贊普的要求製作了碗口寬敞、碗壁頗薄、碗腿矮短、顏色潔白、具有光澤的瓷碗，取名為興壽碗，意為長壽富足。並按照贊普的吩咐以鳥、魚、鹿為圖案，這三類碗分別起名為夏布策、南策、囊策。當時以碗的圖案和顏色劃分碗的品質等級：繪有鳥嘴銜枝的為上等碗，繪有魚在湖中行游的為中等碗，鹿在山上吃草的為下等碗。」

木碗曾是藏區最普遍的茶碗，無論牧區農區，或是貴族僧侶都主要使用木碗。木碗的歷史可追溯至吐蕃王朝，敦煌藏文文獻《吐蕃羊骨卜辭》中即有使用木碗的記載。藏區一些有森林樹木的地方均產木碗，一般分三類：不做任何裝飾的木碗；碗口邊緣及碗座以銀皮包裹；最後一類則是通體幾乎皆以銀皮包飾，僅在碗腰處留約指寬部分，能看出碗胎為木質，此類一般配有碗蓋，多為塔形，雕銀嵌金，頂端鑲一顆紅珊瑚或瑪瑙為手柄；其下則有碗托，均為銀皮包飾；碗蓋碗托多呈現為八瓣蓮花，在碗胎上則多鑲嵌以銀質雕刻的八吉祥圖案。木碗有經久耐用、盛茶不變味、散熱慢、飲時不燙嘴、攜帶方便等諸多優點，深得藏人喜愛。藏人由於游牧生活的影響，形成隨身帶碗的習俗，幾乎沒有通用他碗的習慣。即使在家中也習用自己的碗，出門則隨身攜帶，或裝於碗套裡，掛在腰邊。

藏區有一類專為貴族使用的「札古札雅木碗」，在清代亦作為貢品敬獻予皇帝。「札古」是藏語「核桃樹」（star ka）的音譯，「札雅」則為藏語「樹瘤」（rdzab ya）一詞的音譯，西藏醫學傳統認為以核桃樹瘤作為容器飲食可防治偏癱和心血管疾病，因此進貢於宮廷；可能因意譯其名未能文雅，故採音譯。依樹瘤成形的節齡長短，所製成的木碗紋路可分牛肝紋、豬鬃紋、鷗羽紋、火焰紋等四類，其中要以呈火焰紋的樹瘤節齡最老，所成木碗亦最名貴。由於此類木碗異常珍稀，西藏貴族為便於攜帶，亦特製「鐵鋄金碗套」，碗套口緣連結罩蓋，兩側嵌提梁耳，可繫繩背攜。套壁及蓋面上一般鏨刻勾蓮、纏枝花卉和螭龍紋飾，間或鑲嵌松石，使整件碗套更顯華麗富貴。自康熙朝起，每逢初春，西藏向清廷進獻樹瘤碗以賀春喜，成為慣例。乾隆皇帝御製詩中，為札古札雅木碗題寫的詩就達八首之多，從中可見他對此類木碗的喜愛。

結語

藏區原不產茶葉，因此形成千年以來漢藏兩地的「茶馬互市」傳統，二十世紀初入藏考察的英國人貝爾（Charles Bell, 1870-1945）當時觀察藏人的飲茶：「凡是藏人無不嗜茶，即使是大吉嶺山下的西藏居民，亦不顧大吉嶺所產名貴之茶，偏喜歷盡艱辛山路而從中國運入之茶。中國茶較貴，而人民又貧，但仍視為不可缺。」二十世紀後半期以來，在西藏高原的一些較低海拔地區（如察隅、林芝、波密等地）漸次進行茶樹的栽植，今日已可生產名副其實的西藏茶葉。

藏人飲茶歷史悠久，其飲茶習俗的形成與藏區的高原地理環境息息相關；然而，更是經由藏人的經驗與智慧，方賦予這些茶飲習俗更深的文化內涵，使其茶文化的發展自成一格，影響深遠。

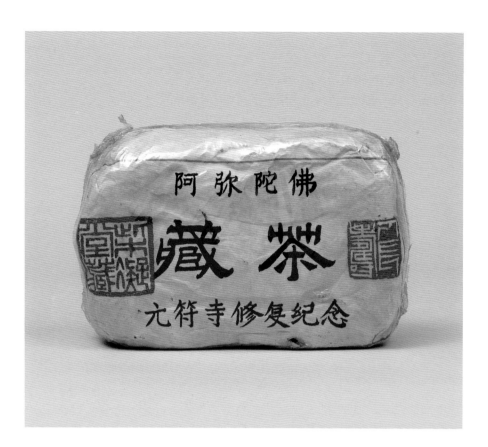

藏茶茶磚
Brick of Tibetan Tea

17×10×5 cm
1990 年代末購藏
Procured and collected in the late 1990s
植物　Plant
私人收藏　Private Collection

西藏石杯
Tibetan Stone Cup

10×14×7 cm
明代　Ming Dynasty
石　Stone
私人收藏　Private Collection

西藏石鍋
Tibetan Stone Cauldron

38×38×33 cm
明代　Ming Dynasty
石　Stone
私人收藏　Private Collection

西藏石鍋支架
Tibetan Stone Cauldron Stand

76×76×54 cm
明代　Ming Dynasty
石　Stone
私人收藏　Private Collection

盛水石壺
Stone Water Pitcher

20×25×17 cm
明代　Ming Dynasty
石　Stone
私人收藏　Private Collection

西藏石刻水匙
Tibetan Engraved Stone Water Dipper

10×19×6 cm
明代　Ming Dynasty
石　Stone
私人收藏　Private Collection

鑲金銀執壺
Silver Pot Inlaid with Gold

22×12×13.5 cm
清代早期　Early Qing Dynasty
鎏金銀　Gilt with gold and silver
私人收藏　Private Collection

茶壺
Tea Pot

22×12×20 cm
清代早期　Early Qing Dynasty
紫銅　Red copper
私人收藏　Private Collection

銅鍋
Copper Cauldron

20×20×18 cm
清代　Qing Dynasty
銅　Copper
私人收藏　Private Collection

銅鍋
Copper Cauldron

20×20×18 cm
清代　Qing Dynasty
銅　Copper
私人收藏　Private Collection

西藏刻花七銀杯
Seven Tibetan Engraved Silver Cups

10.2×10.2×4.8 cm
清代　Qing Dynasty
銀　Silver
私人收藏　Private Collection

銅壺
Copper Ewer

13×19.5×17.5 cm
清代　Qing Dynasty
銅　Copper
私人收藏　Private Collection

銅壺
Copper Ewer

14×20×18 cm
清代　Qing Dynasty
銅　Copper
私人收藏　Private Collection

鐵水匙
Iron Ladle

10.5×39.4 cm
清代　Qing Dynasty
鐵　Iron
私人收藏　Private Collection

銅碗套
Copper Bowl Cover

16×16×5.5 cm
清代　Qing Dynasty
銅　Copper
私人收藏　Private Collection

西藏木茶盤
Tibetan Wooden Tea Tray

大（L）　58×28×9 cm
小（S）　38×21×7 cm
清代　Qing Dynasty
木　Wood
私人收藏　Private Collection

酥油桶
Butter Churn

27×27×59.5 cm
竿長　Dasher length　105 cm
1960 年代製作，1990 年代末購藏
Produced in the 1960s; procured and collected
in the late 1990s
木　Wood
私人收藏　Private Collection

小酥油茶壺
Small Butter Tea Pots

右（R） 13×13×13.5 cm
左（L） 13.5×13.5×15 cm
1990 年代購藏
Procured and collected in the 1990s
銅 Copper
私人收藏 Private Collection

酥油茶壺
Butter Tea Pot

28×28×30 cm
2000 年代初購藏
Procured and collected in the early 2000s
紅銅、黃銅 、白銅
Red copper, brass, cupronickel
私人收藏　Private Collection

酥油茶壺
Butter Tea Pot

30×30×31 cm
2000 年代初購藏
Procured and collected in the early 2000s
紅銅、黃銅 、白銅
Red copper, brass, cupronickel
私人收藏　Private Collection

廣口壺
Wide-mouth Jug

25.5×25.5×59.6 cm
金屬　Metal
文化部蒙藏文化中心收藏
Mongolian and Tibetan Gallery,
Ministry of Culture Collection

白犛牛
White Yak

162×130 cm
2008 年　2008 A.D.
畫布、壓克力　Acrylic on canvas
私人收藏　Private Collection

特別感謝
Special Thanks to

國立臺灣歷史博物館　National Museum of Taiwan History

國立臺灣工藝研究發展中心　National Taiwan Craft Research and Development Institute

駐台北烏蘭巴托貿易經濟代表處　Ulaanbaatar Trade and Economic Representative Office in Taipei

臺北市政府文化局　Department of Cultural Affairs, Taipei City Government

臺北市政府民政局　Department of Civil Affairs, Taipei City Government

臺北市大安區公所　Daan District Office of Taipei City

新北市立鶯歌陶瓷博物館　New Taipei City Yingge Ceramics Museum

林安泰古厝民俗文物館　Lin An Tai Historical House & Museum

新芳春茶行　Sin Hong Choon

台灣紅茶股份有限公司　The Formosa Black Tea Co., Ltd.

有記名茶　Wang Tea

王介宏　Chieh-Hung Wang

吉美攘多‧塔郭　THAKU

李謹冶　Lee Chin-Yieh (Eugene)

林憲能　H.N.Lin

高傳棋　Gao, Chuan-chi

游博文　Yu Po-Wen

張雷庭　Ray Ting Chang

羅怡華　Lo Yi Hua

中華工夫茶協會　Chinese Gong-Fu Tea Association

臺北市茶藝促進會　The Taipei Art of Tea Union

財團法人京桂藝術基金會　King Kuei Art Foundation

國家圖書館出版品預行編目（CIP）資料

茶鄉茶香：從臺灣到蒙古西藏 / 高玉珍主編 . -- 新北市：
　　文化部 , 2024.06
　　面； 公分
ISBN 978-626-395-029-0（平裝）

　　1.CST：茶藝 2.CST：茶葉 3.CST：文化

974　　　　　　　　　　　　　　　　113007646

茶鄉茶香

從臺灣到蒙古西藏

Tea Origins & Tea Fragrance –
From Taiwan to Mongolia and Tibet

Нутгийн цайны үнэр -
Тайвань ба Монгол Төвөдийн цайны соёл

發 行 人：李 遠
發 行 者：文化部
地　　 址：新北市新莊區中平路 439 號南棟 13 樓
電　　 話：（02）2356-6401
網　　 址：https://www.moc.gov.tw
編 輯 者：文化部蒙藏文化中心
主　　 編：高玉珍
顧　　 問：王行恭、王介宏、李謹治、高傳棋、
　　　　　　游博文、劉國威、藍美華、鄭雅之
執行編輯：陳雅芳、徐淑美、陳婷芳、張齡云
印 刷 者：四海圖文傳播股份有限公司
地　　 址：新北市中和區錦和路 28 號 3 樓
電　　 話：（02）2761-8117
出版日期：2024 年 6 月
ISBN：978-626-395-029-0（平裝）
GPN：1011300705
印製數量：500 本
定　　 價：新臺幣 880 元